LE CODE

DE

LA MODE

LE CODE

DE

LA MODE

PAR

H. DESPAIGNE

DÉPÔT LÉGAL
Seine
N° 9540
1866

PARIS

CHEZ L'AUTEUR, RUE SCRIBE, 11

ET RUE AUBER, 2, EN FACE LE NOUVEL OPÉRA

—

1866

LE CODE

DE

LA MODE

PAR

H. DESPAIGNE

1 vol. in-18 soigneusement imprimé.

Prix : 1 fr. 50

TABLE DES CHAPITRES

La Mode est un usage passager né d'une circonstance fortuite, qui dépend du goût et du caprice du moment, mais qui soumet à son pouvoir éphémère le monde physique et moral à la fois, les sentiments, les idées et les usages, toutes les créations de l'homme, tous les objets qui servent à ses plaisirs et à ses besoins.

La Mode règne en despote sur le monde civilisé et ce n'est pas seulement les toilettes qu'elle gouverne, elle commande encore aux choses les plus sérieuses : arts, langage, sciences, tout marche à son gré. Voilà pourquoi ce petit livre a sa raison d'être et ce qui explique le succès qu'il obtient.

Pour *recevoir franco* LE CODE DE LA MODE, adresser 2 fr., soit *dix timbres-poste* de 20 centimes, à MM. *Lebigre-Duquesne frères*, *éditeurs, 16, rue Hautefeuille, à Paris. (Affranchir.)*

(1257) — Paris. — Imp. A.-E. Rochette et Cⁱᵉ, Bᵈ Montparnasse, 72-80

1867

LE CODE DE LA MODE

LA MODE. — LE LUXE ET SES CRITIQUES.

Lorsque, Madame, vous avez répondu ces trois mots sacramentels : « C'est la mode, » votre mari n'a qu'à s'incliner et à accepter sans réplique vos fantaisies. La raison est péremptoire, toute-puissante, absolue; la mode règne en despote sur le monde civilisé, et ce n'est pas seulement les choses futiles qu'elle gouverne, elle commande encore aux choses sérieuses : arts, langage, sciences, tout marche à son gré.

Votre mari si sérieux, si sensé, si indépendant, si au-dessus des préjugés du vulgaire, est dominé par elle; il la suit et la respecte, quoi qu'il vous en dise; car il appartient au meilleur monde, et il sait bien que c'est dans la haute société surtout qu'elle règne en maîtresse impérieuse, absolue, et qu'il faut se soumettre strictement à ses décrets, même les plus absurdes, sous peine de passer pour un individu du mauvais ton, un sot à faire rire, ou pour un original agaçant et insupportable.

C'est sans doute un usage passager né d'une circonstance fortuite, qui dépend du goût et du caprice du moment, mais qui soumet à son pouvoir éphémère le monde physique et moral à la fois, les sentiments, les idées et les usages, toutes les créations de l'homme, tous les objets qui servent à ses plaisirs, à ses besoins. Le diplomate écoute sa voix en consultant l'opinion.

Le journal en fait son dieu, et l'immortel lui-même, si élevé au-dessus des faiblesses d'ici-bas, lui obéit lorsqu'il met dans l'urne académique le nom du littérateur le plus prisé dans les salons. C'est elle qui fait et qui défait les réputations; elle veut aujourd'hui tel genre de peinture, de musique ou de danse, demain elle le remplacera par un autre; hier le poëme épique était à la mode, aujourd'hui c'est la chanson. Le drame à tous crins succédera à la tragédie, puis Paris n'aura d'yeux et d'oreilles que pour la Belle Hélène ou Cendrillon. Elle adopte et rejette tour à tour habits, mots, poëmes, étoffes, romans, opinions, systèmes, orateurs et comédiens. Elle fait la reine des salons et celle du demi-monde.

Reflet des mœurs, manière d'être du moment, elle change à chaque oscillation sociale, le moindre événement la modifie, la passion, l'intérêt du moment l'influencent; le changement est dans son essence.

Elle n'est pas née d'hier, elle date de l'origine du monde, et marche avec le progrès; elle est de partout, mais elle choisit de préférence pour demeure les capitales de la vie, du goût, de la civilisation : Athènes, Rome, Paris.

Les choses sur lesquelles elle exerce le plus largement son despotisme sont les arts de luxe et les costumes; elle fait éprouver de perpétuelles variations aux vêtements , aux parures, aux ornements de tous genres.

Chez les nations barbares où la civilisation est comme frappée d'immobilité, le costume demeure invariable; chez nous, au contraire, où le progrès est incessant, le costume se modifie selon les époques et s'offre dans l'histoire comme l'expression fidèle de la physionomie des temps et des mœurs. L'imagination française semble se jouer à élever, renverser, réédifier de mille façons diverses l'édifice du vêtement et de la parure; c'est presque une passion de race, rien ne saurait l'affaiblir; elle a fait éclore des modes gracieuses, riches, magnifiques, des modes bizarres, ridicules, monstrueuses, et toujours ces modes ont exercé sur les autres peuples cet attrait, cette séduction qui est comme le caractère de tous les produits de notre génie national.

César s'empare de la Gaule, et ressembler aux blondes Gauloises devient le rêve de la coquetterie romaine. Les braies et le caracalla gaulois remplacent la tunique et la toge.

Dès le xve siècle, nos modes envahissent les cours d'Allemagne, l'Angleterre, la Lombardie. Les historiens italiens se plaignent de ce que depuis le passage de Charles VIII, on affecte, chez eux, de s'habiller à la française et de faire venir de France tout ce qui sert à la parure. Milord Bolingbroke rapporte que, du temps de Colbert, ce qu'il appelle les colifichets, les folies et les frivolités du luxe français, coûtait à l'Angleterre 600,000 livres sterling, c'est-à-dire plus de douze millions de francs, et aux autres nations à proportion. On sait si depuis cette époque nos exportations en ce genre ont diminué, et pour quel chiffre elles figurent aujourd'hui dans la production nationale ; le monde entier est notre tributaire.

« Paris, a dit un écrivain, a le privilége incontesté de décréter la loi somptuaire des nations. Ses modes sont et seront les modes universelles ; ce qu'il préconise subsiste ; ce qu'il a condamné disparaît. » Sans le bon goût, l'imagination gracieuse et l'inconstance charmante de la Parisienne, sans le génie inventif, la dextérité manuelle de ses ouvrières, la femme pourrait être vêtue, jamais elle ne serait habillée.

Fée généreuse, la Parisienne ne semble ajouter de prix à la mode qu'elle invente qu'autant qu'elle parera les autres nations. Peut-être se sachant reine par la grâce et riche de son imagination, aime-t-elle à se faire une cour des beautés que son art embellit. Pour mieux répandre la mode, elle inventait, dès 1608, le premier organe périodique, *le Journal*. La gravure de mode commençait à courir sous Louis XIV; on l'appelait : *les Saisons*, parce que, en effet, c'est tantôt le printemps, tantôt l'automne, tantôt l'été, tantôt l'hiver, qui, personnifiés dans une jolie femme, paraissaient revêtus des atours que toute dame de la cour devait porter pendant la durée de la saison, depuis la coiffure jusqu'aux gants et à la chaussure.

L'hôtel Rambouillet était alors le rendez-vous du monde élégant, le plus raffiné ; on y attifait dans le dernier goût de la mode courante deux poupées dont l'une, qu'on nommait la Grande Pandore, donnait le ton pour la tenue d'apparat, et l'autre la Petite Pandore, pour le déshabillé du matin. De là ces deux poupées s'en allaient régenter la cour et la ville, elles couraient en province et passaient les frontières. Anglaises, Allemandes étaient leurs sujettes; qu'il y eût blocus, guerre et bataille, elles avaient toujours libre passage; la politique des rois se courbait devant la souveraineté de la mode qui, partout où elle règne, crée bien des rivalités, mais des hostilités, jamais.

Il faudrait des volumes pour raconter les innombrables variations que la mode a fait éprouver en France au costume. La suivre dans toutes ses évolutions, compter toutes ses créations, montrer ses réminiscences, décrire ses fantaisies charmantes ou bizarres, autant vaudrait essayer de suivre dans son vol l'oiseau-mouche butinant les mille fleurs que fait éclore un lever de soleil pour tenter de reproduire tous les reflets chatoyants dont chaque rayon irise ses ailes.

On se tromperait fort cependant si l'on pensait que chaque jour elle produit, créatrice infatigable, un nouveau vêtement, une nouvelle parure; elle fait peu de nouveau proprement dit, mais elle est infiniment ingénieuse pour mettre en vogue des réminiscences, pour rajeunir le passé. Pour elle, le mot si profond de la modiste de la reine Marie-Antoinette : « Il n'y a de nouveau que ce qui est oublié, » est toujours une saisissante vérité.

Mais si ses créations sont rares, si elles peuvent se compter et se poursuivre à travers les siècles, si ses transformations semblent tourner sans cesse dans le même cycle, elle donne à chaque forme, à chaque type qu'elle fait revivre une physionomie qu'ils n'eurent jamais. Elle le varie à l'infini, l'approprie aux idées, aux habitudes, aux nécessités nouvelles, et le goût sait l'harmoniser avec la beauté de celle qui les adopte. Insatiable dans ses instincts de coquetterie, curieuse comme une fille d'Ève, sachant rarement résister au désir, elle est toujours en quête d'ornements et de parure, imite ou contrefait sans scrupule, prenant son bien partout où elle le trouve. Inventer lui plaît et la rend fière; faire autrement que ce qui est! c'est là son rêve : mais si ce qu'elle prend pour une invention n'est qu'une contrefaçon charmante, que lui importe! son but est de plaire, d'attirer l'attention; le reste la préoccupe peu.

Elle est exposée à un dangereux écueil, l'exagération; le goût seul peut l'en préserver, et souvent elle en manque; puis le goût se pervertit et cède facilement aux caprices et aux extravagantes fantaisies chez celle qui cherche à accaparer les regards de la foule.

Ne lui faites pas pour cela son procès; elle ne vous laissera pas le temps de plaider la cause; demain elle aura changé. A quoi bon répéter contre elle ce qu'on dit depuis des siècles? Si elle rit au nez de votre rigide sagesse, devant quels juges la traînerez-vous? Elle les convaincra d'un regard qu'elle n'a rien fait que pour leur plaire; son but est la séduction, et l'homme en est l'objet. Depuis Caton et les prophètes, les mercuriales contre le luxe et l'immorale prodigalité des modes sont de tradition au sénat et aux parlements, et si les lois somptuaires ont parfois constaté un mal ou un travers, elles n'ont remédié à aucun; lorsqu'elles ne sont pas

éludées, le lendemain elles tombent bientôt en désué-
tude, et ont parfois les plus singuliers résultats.

Encourager d'un côté l'industrie, applaudir à tout ce
qui augmente le bien-être, l'aisance et la richesse; pro-
diguer à la femme toutes ses adorations, chercher en
elles l'idéal de l'élégance et de la grâce, entourer sa
beauté de toutes les séductions des arts, du luxe et de
la fortune; puis vouloir qu'elle reste éternellement
vouée à ce qu'on appelle la Sainte Mousseline? Quelle
contradiction!

Ne citez donc plus avec orgueil vos fabriques lyon-
naises comme une des gloires du pays, si vous voulez
que vos femmes ne préfèrent les merveilleuses étoffes
qui en sortent au simple sarrau de laine blanche qui
habillait les Gauloises leurs aïeules; ne donnez plus au
bijoutier la considération et la récompense que vous
accordez aux grands artistes, si vous ne voulez pas qu'elles
soient séduites, fascinées par l'éclat des diamants qu'ils
montent, de l'or qu'ils tordent, qu'ils cisèlent, qu'ils buri-
nent; rasez surtout, et au plus vite, les fondations naissantes de ce palais improvisé où tout ce qui alimente
le luxe des nations tiendra ses grandes assises, où la
mode étalera partout les objets de son culte.

Le Benoiton est un travers, un ridicule déplorable,
mieux que cela, le symptôme d'une plaie profonde; mais
le théâtre ne l'a pas inventé, et M. Sardou ne le guérira
pas. Les ravissantes promenades de ce bois de Boulogne

que vous avez créées, les champs de courses que vous
ouvrez partout, les bains de mer où vous courez, et où
la spéculation fait surgir une ville nouvelle sur chaque
côte plus ou moins pittoresque de l'océan ; les salles
de spectacle qui se multiplient et font leur principal
attrait de la splendeur des costumes, mêlent aujourd'hui
deux mondes qui restaient distincts aux beaux jours
de Rome et d'Athènes, celui des honnêtes femmes et
celui des hétaïres. Pourquoi accordez-vous quelquefois
vos admirations, votre temps et votre fortune à ce que
la mode appelle la haute bicherie, si vous ne voulez pas
que vos femmes et vos sœurs, à qui vous n'avez pas
toujours la pudeur et l'adresse de cacher vos manéges,
essayent de vous plaire par les mêmes extravagances
de mauvais aloi qui vous séduisent ?

De bonne foi, qu'aimez-vous dans celles que vous
donnez pour rivales préférées à vos femmes ? Est-ce la
beauté, est-ce l'esprit, est-ce le talent ?

Pauvres, bien pauvres gens ! dans ce cas.

Mais non, ce n'est rien de tout cela, et vous le savez
bien. Vos femmes sont si supérieures à vos maîtresses que
vous ne croiriez pas pouvoir les comparer sans vous faire
injure à vous-mêmes. Ce qui vous prend, ce sont ces toilettes si habilement tapageuses, contre lesquelles proteste
votre austère économie ; ce qui vous séduit, c'est l'éclat
qui les entoure : cette coquetterie hardie d'œillades et de
parures, ces artifices de maquillage, ce sans-gêne, ce

rayonnement étrange mais réel, fascinent vos yeux et votre imagination. Vous faites litière de votre or et de vos devoirs pour arriver à ce boudoir banal dont les âcres parfums vous enivrent ; vous rentrez chez vous, encore tout imprégnés de ses senteurs, brisés par ses voluptueuses fatigues, et vous ne voudriez pas que, pour défendre leur amour, le bonheur de la famille et parfois sa fortune, vos femmes essayassent d'employer des séductions qu'elles voient sur vous si puissantes !

Vous vous élevez contre de folles dépenses, et vous avez bien raison, vous, chefs de famille ; seulement vous oubliez un peu trop ce que coûtent le club, le jeu, le sport, la chasse et le reste ; additionnez donc le book-bleu de votre département personnel ; comparez-le avec celui de madame, et vous verrez lequel des deux a le plus largement puisé pour ce que vous appelez « d'inutiles fantaisies » dans le budget conjugal. Vous voulez des réformes, prêchez d'exemple ; renoncez à vos cigares : une épargne bien trouvée celle-là et qui vous délivrera d'une funeste et dégoûtante habitude.

Aujourd'hui, comme toujours, vivre de la vie du monde est le plus sûr et le seul moyen d'arriver et de se maintenir. Votre hôtel est cité pour sa richesse, votre appartement pour son élégance, vous recevez et vous allez aux fêtes, et vous voudriez que votre femme ne se mît pas, pour faire honneur à son nom et à son mari, au diapason de ces splendeurs ; vous voudriez qu'elle fit tache, par sa toilette, au milieu de tout ce luxe. C'est lui demander un effort au-dessus de sa nature, contraire à sa dignité. N'aimez-vous pas vous-même à paraître ruisselant des dorures qui ornent votre costume? n'est-ce pas avec un sensible orgueil que vous endossez cet insigne qui dit à tous votre haute position? et si vous n'occupez aucune position officielle, n'avez-vous pas l'élégant et riche habit de cour, pour paraître suivant toutes les règles de l'étiquette, dans les salons des Tuileries? Vous ne voudriez pas que votre femme se présentât dans une tenue inférieure à la vôtre.

Et puis, tenez, quand vous la voyez parée d'une toilette nouvelle, est-ce qu'elle ne vous paraît pas plus attrayante, et comme ayant dans sa beauté quelque chose qui vous frappe et qui, jusqu'alors, était passé pour vous inaperçu? Est-ce que cette respectueuse admiration, qu'expriment les regards qui la suivent, ne flatte pas votre amour-propre, et, lorsque le soir d'un de ses triomphes, elle vous attend, dans la dentelle d'un nuageux peignoir, ne sentez-vous pas, en l'approchant, un flot de sang plus jeune envahir votre cœur? Ah! tenez, laissez-la déployer toutes les fantaisies de son imagination pour parer sa beauté et réveiller sans cesse votre goût pour elle ; la vue de la maison aura alors pour vous de l'attrait, tout vous y paraîtra riant; l'ennui, ce mauvais conseiller, ne vous en chassera jamais. Vous vivrez de la vie de famille; là est l'économie, là est le bonheur.

Tout cela est si vrai, que cela a l'air d'être des lieux communs, et vous nous excuserez, Madame, si, traitant de la mode et de ses allures, nous avons éprouvé ce mouvement d'humeur philosophante et moraliste.

Une toilette riche, simple et gracieuse à la fois, faisant valoir la beauté qu'elle encadre, est un prodige; nous l'admirons tous, mais elle est plus le fait de celle qui la porte que celui de la mode; elle exige un tact exquis, une finesse de coup d'œil, une connaissance profonde de l'harmonie des formes et des couleurs, dans le choix, la disposition et l'arrangement des différentes pièces qui composent une mise parfaite.

Le secret de la Parisienne, de la vraie, c'est de connaître la mode, de saisir la physionomie qu'elle gardera pendant la saison ; de prendre la forme qui lui agréera le plus et qui conviendra le mieux à sa beauté, à son âge, à sa position, à ses habitudes. Le tact est un don naturel, mais le goût s'épure et le savoir s'acquiert.

C'est à ce goût sûr et à cette expérience acquise que l'auteur de cet ouvrage doit d'être si souvent consulté par les dames du plus grand monde et par la presse élégante.

II

PHYSIONOMIE GÉNÉRALE DE LA MODE.

Autrefois, la mode pouvait se saisir et se décrire ; elle vivait un peu plus que les roses, au moins l'espace d'une saison. La nouveauté paraissait alors dans le monde à jour fixe, avec les pâquerettes dans les prés et les coucous dans les bois, entre les austérités du carême et les amours du printemps ; elle se pavanait à Longchamps et, en deux jours, la mode avait décrété l'uniforme de l'année. L'automne, les premiers bals y apportaient bien quelques changements, l'hiver y ajoutait bien ses fourrures, ses ouates et ses manteaux, mais le type restait le même : c'était toujours l'uniforme, rarement la fantaisie.

Aujourd'hui, la mode est partout ; elle naît à toute heure ; il faut l'étudier au salon, au bois, à la Madeleine, à la cour et à la ville ; la suivre sur la plage, au concert et aux champs ; la chercher dans la rue, au théâtre, dans l'élégant sans-gêne du chez soi. Si on la trouve à Longchamps, ce sera aux courses, un jour où un bond de *Gladiateur* décidera d'un million de gain ou de perte. La promenade traditionnelle, née d'un caprice dévot de la fille du Régent, n'est plus *à la mode*. Les marchands à étal s'y pressent seuls, heureux que les convenances religieuses leur donnent un jour de congé et l'occasion de manger maigre.

La diversité extrême des costumes, la facilité avec laquelle chacun les modifie et y imprime le cachet de sa fantaisie personnelle, la rapidité avec laquelle elle invente et use, sont les caractères les plus remarquables de la mode en 1866. On dit qu'elle n'a pas de style, qu'elle exagère, qu'elle vit de caprices et de souvenirs, et on ne voit qu'un mélange bizarre, qui dénote une époque de transition.

Il est des mots très-commodes ; ils s'appliquent à tout et se placent avec un certain tact et à propos ; ils épargnent à l'esprit bien des fatigues : une époque de transition est un de ceux-là. Appliqué à la mode, il convient aux élégances, à l'imagination paresseuse et justifie les vieilleries qu'elles portent sous prétexte d'attendre que le goût se soit prononcé et que la mode ait dit son dernier mot. Jamais, peut-être, le costume n'eut moins qu'aujourd'hui le caractère effacé d'une époque de transition. Il a une physionomie qui lui est bien propre, des formes, des lignes, des ornements, des ajustements, des coupes qui sont bien à lui; en un mot, tout ce qui constitue le style, s'il est permis d'employer ce mot aux choses de la mode.

On l'accuse d'avoir pillé le costume grec en le défigurant, et de mêler l'antique au moderne, en associant le péplum à la coiffure empire et au carré catalan. Qu'importe si cette association est heureuse et rend jolie? Qu'importe où elle ait puisé ses inspirations, si elle a trouvé, par la coupe des vêtements, des lignes capables de faire valoir la beauté et de choisir des ornements qui la rendent plus brillante? Jamais la mode ne fut plus variée et plus accessible? Elle se plie à toutes les exigences et à toutes les nécessités, convient à tous les âges, à toutes les femmes; elle est riche, elle est jeune et gracieuse, brillante, ornementée ou simple; le goût la fait obéir à toutes les convenances : qu'importent dès lors le caprice et ces associations bizarres dont on veut lui faire un crime?

Evidemment, la physionomie de la mode, prise dans son plus grand développement, s'épanouissant en plein soleil des courses ou de la plage, a été tapageuse cette année, comme toujours. Elle croit pouvoir tout oser, grâce à cette espèce d'incognito conventionnel qui la mêle à la foule; c'est le débordement de la fantaisie que ne retiennent plus les convenances de la maison ni les lois de l'étiquette.

Elle y affectionne parfois un désordre apparent et prend alors volontiers la figure de plusieurs époques bien tranchées; elle s'y montre coiffée en bergère Trianon, ayant sur la tête le petit chapeau enguirlandé de fleurs, tandis que la triple jupe écourtée laisse voir un bas-maillot de nuance tendre et un pied hardiment cambré dans sa botte hongroise; une ceinture caillloutée boucle, sur une taille empire, un vêtement antique; de grands anneaux mauresques pendent aux oreilles, et de longs rubans, flottant sur le dos en « Suivez-moi, jeune homme, » attachent au cou une croix normande. Le caprice seul a présidé à cette toilette dont le goût sait éteindre les effets disparates.

Mais, bien plus souvent, elle recherche ce qu'on appelle le caractère; la toilette traduit une idée de son ensemble; elle a été étudiée par le crayon d'un artiste. Cette tendance au costume est un trait saillant de la mode en 1866. Elle s'explique d'ailleurs facilement. En voyant l'effet produit sur la scène par les costumes des pièces à décors, les femmes du monde ont voulu essayer de les porter; le théâtre du salon a été une première et heureuse tentative; le bal costumé a fait ensuite admirer toutes ses splendeurs. La vie des bains avec ses concerts, ses casinos, ses fêtes, ses réunions et ses promenades sur la plage, tient beaucoup du bal et du théâtre; le costume y a pris pied; il rend plus piquantes les beautés qui le portent.

A la ville, la toilette est plus sage, plus simple et plus riche. Pour toilette sérieuse, les étoffes de soie unies, ou rayées pour toilettes moins habillées; on en fait un costume complet. La robe a un développement raisonnable; la traîne est réservée pour les toilettes de salon ou de cérémonie, mais plus modeste que l'hiver dernier. La coupe savante de la jupe fait valoir la grâce de la taille; des plis, qui semblent se former naturellement, descendent jusqu'à terre, en suivant les lignes ondulées du corps et le mouvemeut flexible des jupons. La crinoline, contre le développement de laquelle on a tant crié, est, sinon abandonnée, du moins réduite à une simple gaîne très-souple et montant la hanche sans ressorts; elle est ramenée ainsi à son rôle utile, sans être embarrassante ni disgracieuse.

Le jupon a pris, du reste, une importance que l'emploi des tirettes devait faire prévoir; il en faut deux au moins, de longueur inégale et toujours assez courts pour laisser admirer la petitesse du pied qui foule le boulevard ou le sable de la plage; la jupe s'est faite simple pour se relever, laisser voir sa richesse et la faire valoir. La nécessité de fixer les jupes l'une sur l'autre est devenue un prétexte pour les orner de boutons, de rubans, de perles, de dentelles, de bouquets, et ces éléments, com-

2.

binés de mille façons différentes, ont donné des orne-
mentations gracieuses, imprévues, qui créent pour chaque
robe une manière d'être particulière, qui fait qu'elle ne
ressemble à celle de personne.

Les robes ainsi relevées, le jupon court, le pied, ga-
ranti par une haute bottine, peut braver le macadam et
se risquer sans trop redouter les flaques. C'est un costume de dehors qui réalise toutes les fantaisies ; la
femme jeune, jolie, riche et bien parée, peut oser ce
qu'elle veut, s'inspirer d'une toile de Wateau, ou rappeler une élégante d'Athènes.

La tendance vers le costume grec est très-marquée ;
il ne faut cependant pas lui donner une importance trop
grande. Ces longues draperies tombantes, dessinant les
formes dans leurs plis et s'écartant facilement du corps
dont elles protégeaient à peine la chaste nudité, pou-
vaient convenir au climat d'Orient et aux idées païennes ;
importées de plein jet en France, elles ne peuvent produire que les excentricités du Directoire. Il faut une Tallien
et une Récamier pour les faire supporter un jour. Les
collections Campana, installées au Louvre, la publication
de l'histoire de César, la facilité qu'il y a eu de passer
de la casaque tombant à plis droits au peplum, et de la
robe à fourreau à la tunique, ont pu produire cette
sorte de tendance ; mais de là au costume grec, il y
a toute la différence du vêtement ajusté qui habille à la
draperie qui simplement recouvre.

Ce qui peut-être est une imitation de l'antiquité bien plus grande que celles que nous venons de signaler, c'est l'emploi général et obligé des cheveux empruntés. Quelle que soit la richesse luxuriante de sa chevelure, il est impossible à une femme de ne pas recourir au subterfuge des nattes et des crêpés. Winkelmann retrouverait dans les coiffures de nos élégantes les mille manières différentes dont, suivant Ovide, les dames romaines arrangeaient leur chevelure ; la coiffure semble poursuivre le rêve de l'impossible. On a pu craindre un instant que ces hauts pouffs, que Léonard et Giraud bâtissaient sur la tête des dames du dernier siècle à grand renfort d'armateurs de pièces de tulle et de brassées de fleurs, reparaîtraient en plein boulevard, mais le danger semble passé, la mode prend une autre voie.

Cette abondance de chevelure, le large espace occupé par le chignon, le plus souvent par les nattes et les torsades relevées en diadème sur le front, ne laissent pas place au chapeau et le rendent très-gênant : aussi a-t-il été réduit aux plus minces dimensions; il est devenu un simple ornement, se plaçant comme il peut, et ajoutant par sa petitesse et sa forme à la physionomie très-tranchée de la mode en 1866. Pour lui, le changement a été brusque, mais radical ; on le soupçonnait à peine il y a un an, et sauf les brides, aujourd'hui, il ne possède aucun élément de l'antique chapeau. C'est peut-être, dans la mode, la révolution la plus prompte et la plus radicale qui se soit accomplie depuis un quart de siècle. D'abri on en a fait un simple ornement, souvent le plus gracieux, toujours le plus fantaisiste, et on a eu raison, car jamais il ne remplit son premier rôle.

Cette variété dans la mode est d'ailleurs d'une grande richesse ; une femme élégante ne peut se contenter d'une robe ; il lui faut des costumes complets, plusieurs toilettes par jour, et cependant si elle sait, si elle veut, il lui est facile de se vêtir, de s'embellir à peu de frais ; c'est pour elle affaire de goût, de tact et de savoir.

Créer ce qui plait, ce qui séduit, est la règle de la mode ; elle attire par le plus grand nombre d'inventions possibles ; elle veut donner à chacune et à toutes ce qu'il leur faut, ce qui leur convient ; elle laisse pleine liberté à toutes les fantaisies et à tous les goûts. Pimpante comme une marquise Louis XV, gracieuse comme une figurine de la renaissance, ou majestueuse comme une matrone romaine, elle a sans doute des défauts, des entraînements et des travers ; mais qu'on prenne le recueil des costumes depuis nos premiers rois, les gravures qui, jour par jour, ont suivi ses changements depuis trois cents ans, et qu'on compare.

Le grand grief contre la mode actuelle, celui sur lequel on tire comme au noir dans la cible, c'est la reproduction exagérée de certains emblèmes, du genre hippique surtout ; le mal est-il aussi grand, aussi répandu qu'on veut bien le dire ? nous ne le croyons pas. Dans tous les

cas, à qui la faute ? Et lorsque les hommes se parent de
la carte de pesage comme d'une décoration, qu'ils
prennent le gilet fermé, la veste écourtée et le pantalon
à genouillères du jockey, attachent leur cravate avec
une tête de cheval sculpté, et ont, sur le panneau
d'honneur de leur salon , le portrait du dernier
vainqueur de Derby; lorsque les courses sont pour
tous une passion, une spéculation, une science, pour
l'encouragement de laquelle s'associent partout les
personnages les plus éminents par leur naissance,
leur position et leur fortune, et dont on s'occupe, on
voudrait que rien dans la mode ne les rappelle ; la mode
alors ne serait plus la mode !

D'ailleurs, la mode n'impose pas ces sortes d'emblèmes ; ce sont des tire-l'œil assez mal vus par la gé-
néralité des femmes. Pour porter le Benoiton, il faut
être de sa famille, et quand on peut mieux, on aime
peu afficher cette parenté-là.

III

ÉTOFFES.

L'art du tissage et de la décoration des étoffes a atteint aujourd'hui une suprême perfection. Tout ce que le crayon le plus ingénieux et la palette la plus riche peuvent créer de combinaisons harmonieuses et de savants contrastes, la navette et le spoulin le réalisent. Chaque saison arrive apportant avec elle une merveilleuse variété de nouveautés, et lorsqu'on voit exposés aux étalages ces trophées de l'industrie, on ne sait lequel admirer le plus parmi ces chefs-d'œuvre qui représentent les plus grandes difficultés vaincues, en même temps que les effets de dessin et de mélanges les plus délicats et les plus exquis. Dans les uns, l'art et le goût donnent tout le prix à la matière; dans d'autres, la richesse de la matière est réunie à la perfection du travail à un point qu'on croirait impossible d'atteindre.

Là de simples toiles, mais fraîches et fleuries comme une matinée de printemps; ici des étoffes transparentes et légères comme des ailes de papillons, diaprées comme elles de mille couleurs, ravissants brouillards de soie flottant dans un rayon de soleil; sous nos yeux des teintes glabres et mélancoliques des feuilles d'automne, se mêlant dans le grain du tissu au velouté des fruits; puis viendront les chaudes étoffes d'hiver, épaisses et souples comme des fourrures; et partout se distinguant entre toutes par l'éclat et la netteté de la couleur, le brillant et le soutien de l'étoffe, la richesse et la finesse du grain, les magnifiques productions de la fabrique lyonnaise.

Est-ce cette prodigieuse variété qui fatigue un peu, et a éloigné momentanément la mode des étoffes trop ornées pour donner les préférences aux teintes unies? c'est possible d'abord; puis la coupe de la robe et la composition du costume sont venues affermissant ce goût. Les grandes dispositions chinées ou brochées ont été complétement abandonnées par le goût parisien; elles ne sont admises que pour l'exportation. De petits motifs, des semis dans l'étoffe, des raies, quelques vives oppositions de couleurs comme contrastes, régneront seuls avec les belles étoffes unies avant que l'exposition prochaine, en vue de laquelle se concentrent tous les efforts de l'industrie, ait ouvert à la mode des horizons nouveaux.

Pour la quatrième fois ce grand concours de l'industrie humaine s'ouvrira en 1867 dans ce Paris nouveau, surgi en quelques années des décombres de l'ancien, capitale du goût, des arts et de l'idée. Le palais de l'Industrie s'élève, symbole des temps, sur ce champ consacré aux exercices et aux fêtes de la guerre, et trop étroit aujourd'hui pour contenir les trophées de la paix et du travail. La liberté des échanges a donné plein essor au commerce. Les dernières entraves qui gênaient les transactions internationales disparaissent tous les jours. Le canal de Suez ouvre le chemin direct des Indes ; en quelques années le réseau des chemins de fer ceindra le monde, supprimant le désert et les steppes. La parole, portée par l'électricité, ne connaît plus le temps ni les distances. Le vieux monde est bien mort, et s'il résiste encore, c'est dans les affres convulsives de l'agonie ; l'Exposition de Paris amènera le triomphe définitif des idées nouvelles, sera l'expression la plus élevée des aspirations et des besoins des temps modernes.

Les costumes, la mode de tous les pays, de toutes les nations s'y montreront dans toute leur originalité pittoresque ; une des plus grandes zones de l'immense édifice est consacrée entière aux vêtements, aux objets de toilette. Elle est encore trop étroite pour répondre aux besoins de l'industrie; les commissions ont dû faire un choix rigoureux parmi le nombre des demandes, et l'espace restreint qui a été accordé aux élus nous permet à peine (1) de donner quelques spécimens des produits de nos ateliers. Nous y suppléerons en organisant, pendant toute la durée de cette solennité industrielle, une exposition permanente dans nos magasins (2), véritable exposition de la mode, celle-là, changeante comme elle et qui montrera réalisées toutes les idées et les créations nouvelles qu'aura inspirées l'étude du merveilleux spectacle.

Les matières textiles sont nombreuses. Les unes, d'origine végétale, le lin, le chanvre, le coton, fournissent la matière des étoffes légères qui conviennent à l'été, aux climats chauds, et surtout les fins tissus dans lesquels se taille la lingerie; d'autres, de nature animale, les laines, les cachemires, les alpagas, les vigognes, fournissent des étoffes chaudes comme des fourrures qui conviennent à l'hiver, aux climats froids; mais leur usage dans le costume ou la toilette de la femme est restreint; celui de la soie filée par l'humble insecte qui veut se construire la mystérieuse demeure dans laquelle s'ac-

---

(1) Nous avons été admis dans la classe 35.

(2) 11, rue Scribe, et 2, rue Auber, angle du nouvel Opéra, près le Grand-Hôtel.

complira sa métamorphose, n'a pas de limite, elle est partout, et elle le mérite ; à la fois souple, nerveuse et légère, elle se prête à toutes les combinaisons du tissage, elle est forte et résistante sans être épaisse ; elle tombe en plis gracieusement soutenus et drape avec autant de richesse que d'élégance ; elle reçoit et garde admirablement la couleur, rend toutes les nuances, et leur donne un éclat, des reflets, qui rappellent le chatoiement des pierres précieuses.

Les belles et riches étoffes de soie ont acquis dans ces dernières années une force remarquable, en même temps que la science fournissait au teinturier des matières colorantes d'une finesse, d'une pureté et d'un éclat inconnus jusqu'ici. C'est ce progrès qui a valu aux étoffes unies ce succès durable ; les verts et les jaunes, que la mode met au-dessus des violets et des mauves, ces couleurs préférées cette année.

Ces magnifiques couleurs aux nuances si délicates ont pourtant une source bien terne et bien humble ; c'est dans les résidus dégoûtants et infects de la distillation des houilles, produits longtemps perdus des usines de gaz, et aujourd'hui source inépuisable de matières industrielles, que la chimie a été découvrir, non-seulement les incomparables nuances qui feraient pâlir la pourpre antique si renommée, mais les parfums les plus exquis. Formés par l'amas carbonisé des flores gigantesques des premières périodes terrestres, les immenses dépôts houillers que renferment les entrailles du globe, semblent avoir conservé, pour les mettre à la disposition du génie humain, l'empreinte de toutes les formes, les principes de toutes les couleurs, de tous les aromes, de toutes les substances que produisirent ces créations primitives. Parmi ces principes s'en trouvent quelques-uns qui, classés par l'industrie sous le nom générique d'aniline, sont les matières colorantes les plus riches qu'on connaisse. Quelques atomes suffisent pour colorer des masses considérables; malheureusement des brevets protégent encore l'exploitation de ces découvertes et maintienent ces produits à un prix cent fois plus élevé qu'il ne sera lorsque l'ndustrie sera libre de ces impôts prélevés par de cupides industriels.

La science a été impuissante à combattre une autre cause qui maintient le haut prix des soieries, ruine les pays de sériciculture et occasionne à Lyon la crise dont on accuse à tort la mode. On cherche vainement un remède contre la maladie des vers à soie, qui sévit tous les ans plus désastreuse : la matière première atteint alors des prix énormes; elle manque, et le fabricant n'ose exposer ses capitaux dans l'achat de marchandises qui peuvent, par suite d'une bonne saison, subir une baisse considérable. Il ne produit qu'au jour le jour, confectionne de préférence des étoffes d'une vente courante. Le prix de main-d'œuvre disparaît alors devant celui de la matière, et devient une préoccupation secondaire. Ce n'est pas la concurrence des ouvriers de la campagne contre ceux de la ville qui oblige ceux-ci au chômage, c'est la cherté de la soie. Au lieu d'uni, la mode aurait adopté les étoffes brochées les plus façonnées, que la crise n'en sévirait pas moins sur les ouvriers lyonnais ; on paierait comme façon peut-être quelques sous de plus le travail commandé, mais l'ouvrage manquerait toujours aux bras (1).

---

(1) Au moment même où nous corrigeons ces épreuves on nous apporte un journal du soir, *la Liberté*, dans lequel nous lisons :

« Nous avons déjà dit que l'Impératrice a résolu d'inaugurer une nouvelle, ou plutôt de remettre en vogue une mode ancienne, celle des étoffes de soie brochées, afin de redonner quelque vie à l'industrie lyonnaise. Déjà les plus brillants magasins de soieries exposent des étoffes brochées. Les nuances à la mode sont le marron doré, le bleu Bismark et le vert de Corinthe. »

Nous ne doutons pas des généreuses inspirations de l'Impératrice : toutes les fois qu'il y a une initiative à prendre en faveur des classes laborieuses, toutes les fois qu'il faut soulager une souffrance, apporter une consolation, affronter avec héroïsme le danger de la contagion, elle sait la première donner un noble exemple; mais les étoffes brochées, les grands façonnés ne s'improvisent pas ; le nouveau en ce genre demande des études, des soins, des travaux dont ne se doute probablement pas le journaliste qui fait paraître aux étalages ces bleus Bismarck et ces verts de Corinthe. Il aura été sans doute induit en erreur par l'étalage de quelques étoffes de grand effet et destinées à l'exportation, mises en montre pour les circonstances. La mode et le goût surtout sont loin d'avoir adopté celles qu'il désigne.

3.

Lorsque la matière première manque ainsi, l'industrie s'ingénie à la remplacer et à donner à ses produits l'apparence des belles qualités pour faire croire à un bon marché qui excite à la vente. Elle réussit presque toujours. On charge la soie avec des produits chimiques, on lui donne du soutien avec de la gomme, du brillant avec du sucre, au lieu de la diminution de poids et par conséquent de la perte que la très-belle soie éprouve à la teinture. On peut arriver par les procédés sus-indiqués à charger sa matière première qui falsifie le tissage des bonnes étoffes; on reçoit des mains de l'ouvrier des étoffes plus lourdes que la soie livrée, mais vienne une pluie, un frottement, un peu d'usage, et tout cet apprêt se détrempe, se pulvérise et disparait. Mais pour l'acheteur de bonne foi, le tour est fait. Deux pièces d'étoffes mises l'une à côté de l'autre paraissent avoir même grain, même dessin, même couleur, même force ; un œil expérimenté peut seul reconnaître la différence, et cependant cette différence peut être parfois de moitié comme valeur réelle. Le bas prix détermine le choix, et au bout de peu de temps on s'aperçoit que l'étoffe s'affaisse, se fane, s'éraille, qu'elle devient loque et chiffon bien avant l'usure. On se plaint, on accuse l'industriel qui fabrique mal, le marchand qui trompe et se joue de sa clientèle ; on ne veut pas se rendre compte que tous les prix de vente sont réglés par les prix de revient et que le marchand ne peut livrer de la marchandise qu'en raison de l'argent qu'on lui donne.

Le bon marché fictif est le leurre le plus grand qu'on puisse offrir à l'acheteur; les maisons qui s'en servent pour l'attirer le savent bien, elles sacrifient quelques pièces de valeur réelle pour se rattraper sur la masse, ou elles inventent des combinaisons de vente qui leur permettent l'écoulement rapide des articles démodés, défraîchis, de qualité inférieure. Elles s'adressent au public passant, et ne songent jamais à une clientèle sérieuse, fidèle, que la loyauté et la sincérité dans les relations acquièrent seules.

Une toilette légère, peu coûteuse, devant vivre un jour ou se faner en une soirée de sauterie, peut être achetée un peu partout là où l'étalage séduit et attire. Il n'en est pas ainsi d'une toilette sérieuse, représentant une dépense notable. Il faut alors s'adresser à une maison dont l'honorabilité et la réputation garantissent la qualité des marchandises qu'elle livre; il faut repousser l'appât d'un bon marché fictif et s'attacher à la qualité des étoffes. La mode peut être changeante, le beau et le bon sont toujours au-dessus de ses caprices, et une femme du monde, mère de famille, maîtresse de maison, et citée parmi les plus élégantes, sait fort bien tenir sa toilette sur le plus haut ton, sans dépense trop grande, en ne choisissant que des étoffes d'une qualité réelle et d'un goût sûr; elles traversent plusieurs saisons sans rien perdre de leur convenance, de leur soutien ou de leur fraîcheur; le moindre ornement, changement apporté à leur forme, les met à la mode du moment, et la plus lente usure ne leur donne jamais de déplaisantes apparences.

Ce sont ces principes qui nous guident surtout dans nos commandes. Obligés d'avoir dans nos magasins des assortiments d'étoffes de tous prix et de tous genres, nous ne prenons des exagérations que produit chaque saison que le moins possible; nous tâchons d'accaparer les plus pures de qualité et de goût, et nous nous efforçons d'édifier nos clientes sur la qualité des articles qu'elles demandent, guidant leur choix, et leur donnant au besoin quelques détails de fabrication qui pourraient paraître oiseux et déplacés s'ils n'étaient nécessaires pour les mettre à même de bien apprécier ce qu'elles achètent et de se rendre compte du prix qu'elles y mettent.

Sauf les objets dont la fantaisie et l'attrait du moment font tout le prix, et qui sont par conséquent soumis à des fluctuations énormes; sauf ces exagérations de la nouveauté et de la mode que nous venons de mentionner et qui perdent en un jour moitié de leur valeur marchande, tous les articles d'une maison sérieuse ont une valeur réelle, parfaitement cotée, et le bénéfice est calculé et réparti de manière qu'on ait autant intérêt à vendre les articles bon marché que ceux de qualité supérieure, et les maisons qui, comme la nôtre, ont été assez heureuses pour mériter la confiance d'une clientèle d'élite, savent très-bien que leurs gracieuses acheteuses ont un budget de toilette réglé d'avance, qu'elles ne dépasseront pas, et que leur vendre des choses de qualité douteuse ou d'un effet risqué, serait le plus sûr moyen de perdre leur confiance.

Ces vérités, peu pratiquées encore, commencent à peine à se faire jour, et on leur doit en partie cette tendance qui pousse les femmes du monde à revenir, pour les robes riches, à ces étoffes magnifiques, d'une force telle qu'elles se tiennent d'elles-mêmes debout et qu'elles semblent inusables et inaltérables.

C'est avec de pareilles étoffes que nos aïeules du siècle dernier faisaient aussi les robes parées, et, croyons-le, dans ce temps-là, le luxe pour être moins répandu, n'était pas moins ruineux. La bourgeoise ne portait pas les mêmes toilettes que la grande dame : mais l'une et l'autre, selon leur état, portaient de superbes tissus, parmi lesquels il y en avait qui ne sont plus en usage aujourd'hui, parce qu'on les trouverait trop chers et trop lourds.

En remontant plus haut encore, au quinzième siècle, il n'était pas extraordinaire de compter douze ou quatorze cents francs pour le prix d'une robe parée, et cette somme ne serait pas représentée maintenant par le double de ce chiffre. Qu'on juge, d'après le coût de la mise en œuvre, de la qualité de l'étoffe et de la richesse des ornements ! les matières les plus précieuses, la soie et l'or en étaient la base, et les dentelles les plus fines, les pierreries les plus rares, l'ornaient. Nous y revenons, mais avec une grande modération dans la dépense.

Les teintes unies conviennent à ces magnifiques étoffes ; c'est pour elles qu'on emploie les couleurs si délicates et si riches provenant de l'aniline, qui ont valu aux verts, aux violets et aux bleus principalement la vogue dont ils jouissent.

Parmi les verts qui viennent de l'aniline, une nuance surtout est recherchée, le vert empire ; elle teint un admirable tissu uni à gros grains, dans lesquels la lumière se joue de manière à teinter des reflets du nacre un fond sombre et ombreux ; la nuance, plutôt claire que foncée, est très-riche et très-franche, elle ne ressemble à rien de ce qui a été produit jusqu'ici. On ne pourra trouver de toilette riche, simple, gracieuse et sévère à la fois, qu'en prenant pour la faire de semblables étoffes.

Les verts se portent unis dans toutes les nuances ; on les a mariés, très-heureusement, à d'autres couleurs, mais surtout au noir. Une étoffe vert foncé, rayée d'une bande moins large de satin noir sur laquelle une chaîne argent relie des anneaux ornés d'émeraudes, d'amarantes, d'opales et de marcassites, produit le plus riche effet. Les semis de vert sur noir font très-bien ; une étoffe en brocatelle vert et noir, très-belle de qualité, compose une jolie toilette de ville. Nous devons encore citer une étoffe fond noir, double chaîne, avec filet or qui est d'un ravissant effet pour toilette de ville.

L'or et l'argent se mêlent volontiers à la soie dans les

étoffes pour les grandes toilettes de cour et de soirée. Une étoffe semée de poudre d'or et d'argent est appelée au plus grand succès. Nous n'en connaissons pas de plus riche et de meilleur goût. Les fils d'or ou d'argent se mêlent aux fils de soie dans le tissu même, et lui conservent le caractère d'étoffe unie.

Sur d'autres, des fleurs, des bouquets détachés sont posés en relief comme des broderies sur le tissu uni et donnent aux vêtements une fraîcheur ravissante. Cette ornementation peut être obtenue de trois manières, par le lancé, la broche ou le spoulin. Dans ce dernier cas, la broderie fait corps avec l'étoffe; dans le premier, les fils qui la forment sont coupés au revers; elle est moins solide. Le brochage produit des qualités intermédiaires, mais bonnes. La main-d'œuvre plus difficile et ordinairement le choix des matières donnent aux spoulinés une augmentation de prix que compensent la beauté plus grande et la longue durée des tissus.

Les moires, les satins serviront encore pour les grandes toilettes de ville, malgré la préférence qu'on donne aux unis gros grains. Les satins ont acquis une perfection remarquable; on en fabrique d'une qualité magnifique, sans apprêt, ayant du nerf, du soutien, très-forts, ne s'attirant aucun des reproches adressés aux satins ordinaires; mais ces qualités ne sont acquises que par le choix et la dépense très-grande des matières premières et des soins de fabrication qui élèvent considérablement les prix. Les procédés de moirage ont, eux aussi, progressé ; on arrive à des effets plus réguliers, presque à des dessins.

Le taffetas est, si nous osons parler ainsi, dans le domaine public, on le voit partout, la mode en sera éternelle ; en belle qualité, on n'a rien fait de plus joli, c'est une des étoffes qui conviennent le mieux à un costume de ville qui ne cherche pas la richesse. Il peut servir à de fraîches toilettes de soirée.

On a imaginé de jeter sur un tissu uni, sorti du métier, une sorte de semis de perles en relief, formé par une composition chimique d'un très-beau brillant, adhérant au corps de l'étoffe d'une manière intime, ne pouvant en être détachée ni éraillée, inaltérable à l'humidité et à la chaleur, et se colorant de toute nuance. On en fait de délicieux costumes de fillette et de jeune femme.

Les étoffes fonds noirs, façon droguet, brochées de mille variétés, en jaune surtout, ont, cette année, un assez grand succès. Dans ces étoffes, la qualité importe beaucoup ; les droguets double chaîne sont les seuls qui soient bons, ils ont du soutien et de l'usage ; les droguets simple chaîne coûtent moitié prix, mais sont sans soutien ni durée.

Les armures résument une foule de tissus différents et reproduisent, combinés ensemble, les effets du satin, de la toile, du damassé, des diagonales, des rayures, des surfaces veloutées ou cannelées. Dans tous ces genres de tissus, la qualité est d'autant plus importante qu'elle peut être plus facilement déguisée. Il faut souvent un œil et une main un peu exercés pour la reconnaître. On s'expose en achetant au hasard ces tissus qui entrent toujours pour une large part dans la nouveauté de la saison.

La quatrième page des journaux est pour les dames un leurre des plus dangereux ; qu'elles se méfient de leurs assertions si inexactes ! Qu'elles ne se laissent pas prendre à ces chiffres mis en vedette ou adroitement disposés en éclaireurs pour surprendre des dupes ! certaines maisons dépensent annuellement quelques centaines de mille francs en publicité pour annoncer qu'elles perdent 30 et 60 pour 0/0 sur les marchandises qu'elles vendent ; puis, au bout de quelques années de ces pertes constantes, on se retire millionnaire. Qui donc a payé les frais ? Poser la question, n'est-ce pas la résoudre ?

Admettons toutefois que tout est pour le mieux dans le meilleur des commerces possibles, et revenons à nos étoffes.

On voit dans les étalages des armures à larges bandes, d'une qualité très-belle comme tissu, l'une en satin, l'autre en gros grains et à vives oppositions de couleurs, blanche, jaune, verte, voilette ou noire, parfois une de ces bandes chargée d'ornements ; souvent d'un grand aspect à l'étalage, ces grandes bandes, ces oppositions si tranchées de couleurs font mal en vêtements, peu de personnes peuvent les porter. Elles séduiront à tort; un corsage est toujours laid quand la rayure est trop large. Si on veut employer les larges bandes, il faut au moins que certaines dispositions du dessin ou de l'étoffe viennent adoucir les effets trop heurtés, les contrastes trop violents. Avant tout, il faut de l'harmonie dans une toilette, et la femme, lorsqu'elle est tentée par une de ces exagérations hardies, doit consulter ceux qui peuvent la conseiller avec un goût éclairé par le savoir et l'expérience. On ne doit pas craindre alors de les contredire. Elles ne manqueront pas de remarquer sur une rivale le mauvais effet produit par la toilette qu'elles voulaient prendre, et elles vous remercieront alors de les avoir préservées d'une laideur ou d'un ridicule, et de leur avoir assuré un succès.

Les rayures de dimensions moyennes séyent à une jeune fille. C'est un habillement à la fois frais, simple et modeste, toujours de mode, et qui peut être longtemps porté.

Un autre tissu en soie, qui se plie merveilleusement au costume tel qu'on le porte aujourd'hui, c'est la toile de l'Inde. A la saison avancée à laquelle nous sommes, son usage est, il est vrai, forcément restreint; elle ne saurait être employée que pour les chemises russes. Nous la mentionnons cependant parce qu'elle remplace avec d'énormes avantages le foulard dont on a voulu surfaire la réputation, et qui n'est bon que dans les qualités supérieures, qu'on trouve presque toujours trop chères.

Nous sommes loin d'avoir épuisé ou seulement effleuré la nomenclature des merveilleuses productions de l'industrie lyonnaise. En quelque occasion qu'on en parle, on ne peut s'empêcher de rendre hommage au goût suprême qu'elles respirent, comme l'air naturel dans lequel vivent ces ouvriers. Elle fait des chefs-d'œuvre comme ailleurs on fait des choses vulgaires. Ni les crises commerciales qu'elles traversent, ni les commotions qui l'agitent, ni les révolutions de la mode ne peuvent la faire dévier de la voie qu'a tracée la tradition; le fini, le goût et l'art sont aujourd'hui dans sa nature.

Le cachemire broché, tissu tout à fait spécial, employé pour châles, est une étoffe très-ancienne qui nous vient de l'Orient. Avant la fin du siècle dernier, on considérait les cachemires de l'Inde comme un objet de curiosité. Après la campagne d'Egypte, nos soldats en ayant rapporté en France, quelques femmes à la mode du temps eurent l'idée de se draper dans ces beaux tissus, et ils excitèrent tant d'admiration qu'on essaya de les imiter. C'était difficile, car la matière première manquait et les procédés de fabrication étaient inconnus. Ces difficultés énormes n'ont pas arrêté nos habiles industriels français; ils ont imaginé dans ces derniers temps des procédés nouveaux de fabrication donnant au tissu une finesse et un caractère admirables. Si le cachemire, d'origine indienne, prime encore les châles français, c'est plutôt au prestige de la provenance qu'à la qualité réelle qu'on doit attribuer la préférence qu'on lui accorde.

L'Exposition nous montrera, dit-on, des ouvriers caphemiriens venus des vallées du Thibet et tissant leurs châles avec leur métier primitif. Ce ne sera pas un des spectacles les moins curieux et les moins intéressants du Champ-de-Mars.

Le rôle du châle a été du reste fort réduit par la vogue des confections : c'est un vêtement dont la présence est plutôt obligée dans une corbeille de noce que sur les épaules.

Le velours est l'étoffe par excellence des confections d'hiver. On dirait que ce genre de vêtement veut garder son exiguïté pour la saison prochaine ; cependant rien de beau et de riche comme le velours retombant en plis larges et épais sur la jupe soyeuse d'une femme.

Les draps unis, de couleur un peu sombre, conviennent pour la casaque de ville ; une confection en drap violine et fourrure est de très-bon ton ; les draps fantaisie, blancs, rouges ou de nuance tendre, conviennent pour les demi-toilettes du matin et les vestes d'intérieur ; on fait aussi des draps à double face. Pour toutes ces étoffes comme pour le velours et les soieries, la qualité doit être

plus étudiée que l'apparence; elles servent à confectionner des vêtements d'une assez longue portée; des étoffes
inférieures ou même médiocres ne sauraient résister.

Nous n'avons pu, dans cette revue rapide, que mentionner les genres; mais nous espérons avoir donné
quelques renseignements utiles pour éclairer, sinon le
goût, du moins le choix de beaucoup de nos lectrices.

Les lainages, les étoffes fantaisies, composent le plus
souvent les demi-toilettes, les costumes du matin. Le
mélange de la soie et des laines habilement fait par le
tissage produit des étoffes qui participent aux qualités
de ces deux matières textiles et qui paraissent chaque
année en grande quantité comme nouveautés de la saison. Les étoffes caméléon sont très-goûtées; plusieurs
fils de couleur différente sont confondus dans le tissage
et donnent des reflets de nuance différente par le jeu de
la lumière. La qualité en est très-bonne.

Les diagonales de laine, les unes semées de paillettes
d'or et d'argent et d'autres de soie, feront de très-jolies
costumes, et peuvent être taillées en robes princesses.
Les écossais et les popelines de bonne qualité seront
toujours convenablement portés. Les niperbocker, les
neigeuses, les étoffes rugueuses semées de pois qu'on
portait l'année dernière, ont été encore recherchées au
commencement de la saison, mais les imitations à bon
marché, et par conséquent de qualité inférieure qui paraissent, leur seront nuisibles.

Les draps de Glascow, les toiles de Russie, les velours de Norwége, pourraient bien reparaître aux étalages sous d'autres dénominations, mais avec le même succès.

Ce genre de tissus peut habiller également la femme aux goûts simples, désireuse de se défendre du froid sans dédaigner cependant un costume frais, une mode gracieuse.

Le cachemire uni a trouvé cette année, dans le rôle que joue le jupon dans le costume, une vogue nouvelle; très-souple, élastique et chaud, il convient bien à cet usage. On le porte bleu, rouge, violet, parfois blanc. Comme vêtement de dessus, et alors de qualité supérieure, il sert pour confectionner des peplums qu'on couvre de broderies en jais, des rotondes qu'on garnit de dentelle ou de guipure.

Les robes de chambre en cachemire ont beaucoup de succès : c'est une nouveauté parfaitement comprise, et qui pourrait bien entrer dans les vêtements d'un usage constant. On en fait de très-belles avec impression.

IV

ORNEMENTS ET BRODERIES.

Certes, c'est ici le caractère le plus curieux, le plus saisissant de la toilette de la femme cette année.

La mode s'étant emparée de tout pour se rendre fantaisiste. Rien ne l'a effrayée ni arrêtée ; sous ses doigts de fée les objets les plus disparates se sont transformés en ornements. Les oiseaux et les poignards, les ancres et les papillons ont servi à orner la tête des femmes. Des croix énormes pendaient au bout des chaînes Benoiton, des anneaux mauresques tremblaient aux oreilles de l'élégante coiffée à la grecque, et elle était ravissante ainsi.

Les amateurs des bijoux anciens, les conservateurs

d'objets d'art ont souri d'abord en voyant la mode brouiller les choses et les époques, et puis ils ont retrouvé avec plaisir ces vieux souvenirs ravivés, ces vieux ornements encadrés d'une façon nouvelle qui les rajeunissait.

La femme à la fois Grecque, Romaine, Mauresque et Gauloise, a su être toujours charmante; sous ces déguisements on l'a reconnue pour être la Parisienne qui donne le ton à la mode et reste elle-même en dépit de ses caprices.

En ressuscitant les modes antiques on a exhumé les vieux bijoux, on a vulgarisé ces merveilles que l'on se contentait d'admirer. Les femmes se sont parées de ceux qu'elles ont retrouvés, et les bijoutiers ont pris pour modèles les objets précieux exposés dans nos musées. Cela a certes contribué à élever le niveau des idées générales en fait d'art, et ce n'est pas une mauvaise inspiration de la mode que de nous mettre plus familièrement sous les yeux des chefs-d'œuvre d'orfévrerie. Autrefois, comme aujourd'hui, il y avait de grands artistes qui ne dédaignaient pas d'être orfèvres. L'or, l'argent, les pierreries, toutes les matières précieuses ont dans leurs mains habiles acquis une valeur inestimable.

Le xvie siècle surtout nous a laissé un grand nombre de travaux de bijouterie, œuvres d'une telle beauté, d'un travail si difficile, qu'on ne peut comprendre comment l'habileté humaine a suffi pour les créer. Cependant, le célèbre lys, créé par Ascanio pour la duchesse d'Étampes, pâlirait à côté des parures composées par nos grands artistes. Le mélange de rubis, de diamants, de perles et d'émeraudes pour représenter des fleurs, des boutons et des feuilles, n'a, à aucune époque, été fait avec plus d'harmonie, de goût, de brillant, jamais on n'est arrivé à une telle légèreté d'exécution.

La bijouterie vise, du reste, au style ; les bijoux antiques du musée Napoléon ont fait une révolution, et, disons-le, quelques écrins qui figurent derrière la vitrine de nos bijoutiers seraient dignes de porter la signature d'un artiste de Rome ou de Corinthe.

A nulle époque les bijoux n'ont joué un plus grand rôle dans la toilette qu'à la nôtre. L'or a pris pied partout comme ornementation ; les diamants ne sont plus réservés pour les soirées, les grandes tenues, le salon ; on les promène un peu partout, même aux courses ; au bal, ils ruissèlent dans les chevelures ; des perles dignes d'être bues dans la coupe de Cléopâtre s'attachent à tous les colliers, des agraphes en rubis relèvent les jupes. Les pierreries de tous noms et de toutes formes scintillent sur le front, au cou, sur les épaules, au corsage, aussi nombreuses que les étoiles dans une nuit d'Orient. On dirait que toutes ces femmes, qui passent splendides et souriantes, sont autant de souveraines puisant à pleines mains dans l'écrin de la couronne.

Le scepticisme, il est vrai, est une des plaies de notre siècle et soufle parfois le mot de cailloux du Rhin, de strass! Mais où la vérité pure se trouve-t-elle ici-bas? puis on imite si bien aujourd'hui les œuvres de la nature; à temps perdu, M. Babinet ferait, à titre de curiosité scientifique, lui-même des diamants en aussi pur carbone que ceux qui nous arrivent des mines de Golconde.

L'imitation est presque acceptée pour les parures ordinaires de ville ou de dehors; il ne serait pas du reste possible à la fortune la plus considérable de suivre la mode, aussi mobile aujourd'hui en fait de bijoux qu'en fait de chapeaux, si la bijouterie d'imitation n'était devenu un art d'une perfection étonnante.

Les garnitures de boutons en or, en émail, en corail, sont très-employées, les grelots le disputant aux camées. La nacre est très en vogue, on en fait des boutons tantôt grands, de forme carrée, tantôt arrondis, et cloutant alors les corsages, les ceintures, les épaulettes et le bas des robes; sur une couleur un peu sombre, l'effet en est très-joli.

On fait, en broderie et jais, beaucoup de charmants dessins; les peplums en sont couverts. On a cru que cette broderie de jais serait une fantaisie d'un jour, et la voilà qui prend droit de cité et réclame une plus large place. Rien de plus joli d'ailleurs sur les petits paletots ronds, sur les vestes et sur les robes. Les chemises russes en soie blanche brodées de jais blanc sont délicieuses, la dentelle accompagne admirablement cette sorte de broderie.

La dentelle de Chantilly est restée au sommet des toilettes riches ; une pointe, une rotonde, un burnous de dentelle sur une soie unie sont toujours du meilleur goût ; rien ne remplace la dentelle pour l'ornement des garnitures et des volants de robes parées. On couvre aujourd'hui un vêtement par-dessus de dentelle, en entier. On l'orne à la fois de dentelle, de jais, de velours ; c'est un mélange un peu lourd, mais très-riche. La jupe en dentelles sied à une grande toilette de cour : nous avons vu des manteaux de cour en dentelle-guipure d'un effet admirable.

La dentelle s'associe aux bijoux élégants, le jour, au bord du chapeau ; elle sourit au visage ; le soir, elle encadre les épaules et se plaît à les embellir en même temps que les pendeloques d'un large collier. La dentelle est le luxe de mon choix ; au bal, le mouchoir disparaît au milieu de la garniture, tellement celle-ci est large et magnifique.

C'est la garniture obligée des négligés du matin, des robes de chambre en mousseline, des bonnets des jeunes malades et du linge, donc !

On n'a pas beaucoup parlé de la lingerie cette année, parce qu'elle est restée stationnaire tout en étant d'une grande recherche. Des piqûres, des broderies d'une finesse extrême se retrouvent toujours dans le linge de choix. On a trouvé le moyen de mêler la dentelle à la toile, si bien qu'en produisant de charmants dessins elles ne forment plus toutes deux qu'un seul tissu. C'est dans ces dessins bizarres que triomphe la dentelle de Cluny. Elle règne en souveraine dans les caprices du linge, dans les ornements des manchettes, des jupons, des chemises et des cols; elle est d'une grande ressource pour les corsages blancs, les chemises de lingerie. Elle suffit seule d'ailleurs à faire des vestes et des corsages. Elle se pose à plat, en bordure autour des rubans, sur les robes; les chapeaux en sont garnis. Elle est délicieuse, posée sur un étoffe de couleur; elle découpe ses fleurs sur le satin des rubans, on l'a utilisée pour toutes sortes d'usages, elle remplace la broderie anglaise disparue.

La guipure en point de Cluny, en frivolité, celle plus riche et plus artistique, mais infiniment plus rare, en point de Venise, faisaient autrefois partie, comme les diamants, des joyaux de famille; elles se donnaient en dot de mère en fille, et coûtaient parfois le prix d'un domaine. Louis XIV avait fait venir d'Italie les artistes qui importèrent cet art en France. Les points de Gênes et de Venise furent alors imités, et les fabricants français créèrent alors ces magnifiques guipures en fil et broderie simple dont la mode devint bientôt aussi dispendieuse que les guipures et les broderies en or et en argent que venait d'interdire l'édit de 1660, auquel font allusion ces deux vers de Molière :

> Je voudrais bien qu'on fît de la coquetterie
> Comme de la guipure et de la broderie.

Vers souvent répétés par les Sganarelles de toutes les époques, même de la nôtre.

La guipure, désignée sous le nom de Cluny, ne saurait imiter la guipure ancienne, mais la mode recherche les vieilles dentelles et tout ce qui leur ressemble. On les reproduit sous un autre aspect et par d'autres procédés; car l'industrie de nos jours n'est pas en arrière, elle rappelle les créations du passé et les vulgarise à l'aide de la machine, cette création moderne.

L'usage de la machine à coudre a déterminé un genre d'ornement qui consiste dans des piqûres d'une admirable régularité. A l'aide de la machine, on fait des dessins à volonté sur la soie ouatée. On établit ainsi, à un bon marché relatif, des jupons d'hiver qui sont d'une grande élégance. Ces piqûres, aujourd'hui, sont un des principaux ornements de la confection. Les étoffes légères s'en arrangent à merveille, et la lingerie en tire le plus grand parti.

La machine à coudre est maintenant d'une grande utilité; elle n'a point diminué le travail pour les doigts agiles des couturières, comme on le craignait; elle l'a au contraire multiplié, en créant de nouvelles facilités et de nouveaux besoins.

M. Dusautoy a bien voulu dernièrement me faire visiter les immenses ateliers d'équipements militaires qu'il a établis dans le quartier Rochechouart, et là seulement j'ai pu bien me rendre compte de ce que peuvent faire les moyens mécaniques et la machine à coudre, appliqués à la coupe et à la confection des objets d'habillement. L'homme n'a plus qu'à diriger leur mouvement automatique, la tâche s'accomplit plus exacte et plus solide avec une rapidité et une économie extrême, et loin d'avoir ôté à l'ouvrier son travail ou diminué son salaire, la machine n'a fait que les augmenter; l'établissement de l'éminent industriel fait vivre une population entière.

Quand un progrès arrive, chacun en veut sa part. La rapidité avec laquelle les machines suppléent à la main de l'homme amène des résultats souvent inattendus. La consommation grandit en même temps que la production. Le bon marché donne l'habitude d'agréments inconnus. On ne recule pas devant une légère dépense qui rapporte une satisfaction réelle. De là le mouvement, l'échange entre le produit et le besoin. Les achats se multiplient, l'argent circule, le travail augmente, la machine réclame des ouvriers et s'agite sans relâche; c'est ainsi que le travail devient plus productif et que la prospérité de tous grandit.

Un ornement qui sert encore à relever les robes, ce sont les pattes. On en a fait de tant de manières qu'il serait trop long de les indiquer. Elles doivent rappeler en général la garniture de la robe ou du costume. Elles se composent quelquefois de simples boutons, elles affectent souvent la forme des brandebourgs. En été, sur des robes légères, un chou découpé tient gracieusement leur place.

L'astrakan, la peluche, les bandes de cachemires, le grèbe, qui est une sorte de fourrure en plumes, sont moins employés cet hiver que le chinchilla, fourrure à longs poils et les queues de martre zibeline, qui sont d'un très-grand effet. Ce qu'on n'a pas abandonné, ce qu'on n'abandonnera pas encore de longtemps, c'est la passementerie, une grande industrie qui fournit la parure obligée des costumes à la mode. La passementerie a eu le sort de beaucoup d'autres genres d'ornements, on en a beaucoup porté, il y a plus de vingt ans ; on se faisait alors un religieux devoir d'assortir la couleur de la passementerie aux dessins de l'étoffe. C'était terne.

Les jeunes femmes d'aujourd'hui peuvent se souvenir d'avoir vu ce genre de garniture sur les robes de leurs mères, mais la mode ayant tout bouleversé en fait des notions acquises sur l'harmonie des couleurs, nous a prouvé que la passementerie noire était la plus nécessaire de toutes. Le grand nombre de vêtements noirs qui se font en drap, en taffetas, en cachemire, en velours, y a contribué. Cette passementerie, en revanche, est mêlée de perles et de jais.

On fait pour les robes des parures de nacre et de jais. Les perles sont retenues par les arabesques de la passementerie qui se place aux épaules, au bas des manches et même sur toutes les coutures d'une robe.

La passementerie, plus solide que la dentelle, affecte les dessins de la guipure riche. Ce sont les mêmes jours capricieux, les mêmes enroulements de fils, les mêmes épaisseurs serrées, dentelées et semées de picots, avec la différence que ceux-ci sont illustrés de perles ; mais, où n'a-t-on pas semé cette année les perles brillantes du jais et de l'acier? Cette broderie est la fureur du moment. Les vêtements des femmes et leurs coiffures ont des étincelles.

Quand on parlait de broderies, il y a quelques années, pour la toilette des femmes, on entendait invariablement la broderie blanche, plus ou moins épaisse, sur toile ou sur mousseline. Celle-là trouve toujours sa place et plus que jamais, comme luxe intime, si l'on peut s'exprimer ainsi ; c'est le luxe du linge, des mouchoirs. Il est certes poussé très-loin, quoique la mode se soit enrichie d'un nouveau genre de broderie pour les vêtements.

Le ruban, par exemple, ornement traditionnel des toilettes de la femme n'a pas perdu de son importance.

On fait des rubans de la plus grande beauté et d'une

largeur de plus en plus remarquable. C'est par millions qu'il faut compter leur fabrication et leur consommation. L'emploi en est général. La grande rubanerie, c'est-à-dire les rubans de soie d'argent et d'or destinés aux toilettes des femmes se fabriquent à Saint-Etienne, où ils occupent une grande quantité d'ouvriers. Jamais ville ne produisit un objet de luxe plus riant et ne fut plus noire que celle-là. La fumée du charbon de terre qui sert à entretenir ses fabriques salit ses maisons, ses rues, et obscurcit son ciel, ce qui n'empêche pas les rubans de sortir des métiers à la Jacquard dans un état de fraîcheur admirable.

Les fourrures pour habits de dessus ou garniture de robes, sont toujours très-riches et de la plus grande distinction, elles s'imposent à la mode, si leur exagération n'est pas comme autrefois un de ses caprices. On ne peut, du reste, jamais prévoir la vogue qu'elles auront, le froid la leur donne, les temps doux les font disparaître sous des climats aussi changeants que le nôtre ; il faudrait que le chroniqueur de la mode eût le savoir de Mathieu de la Drôme pour prophétiser à coup sûr l'avenir du manchon et de la fourrure.

Les fleurs ne sont pas sujettes à ces vicissitudes de la saison ; les camélias aux pétales nacrés, colorés des plus vives et des plus délicates nuances, les fleurs les plus rares s'épanouissent alors en serre chaude, remplissant les escaliers, les couloirs, les galeries, les salons, les jours de bal, et s'offrant à la beauté qui veut s'en faire une parure. Luttant avec la nature et sachant mieux s'adapter aux besoins de la toilette et aux fantaisies de la mode, l'art du fleuriste crée sans cesse. Les fleurs éclosent sous ses doigts, aussi brillantes que sous les rayons du soleil, et si séduisantes que la mode oublie pour elles ses caprices. Si elle papillonne de la rose au jasmin, de l'orchidé au rododendron, elle n'en reste pas moins toujours fidèle à ce parterre artificiel dont elle ne saurait se passer.

Les fleurs en velours sont celles d'hiver; on a cherché à en faire de gigantesques : une pensée couvrirait un chapeau. Nous n'aimons pas ces exagérations à la Gulliver. La fleur artificielle est charmante en restant dans l'imitation harmonieuse de la nature; vouloir aller au-delà, c'est dépasser le but. On fait aussi des fleurs en dentelle d'un très-joli effet.

Nous avons vu des fleurs en plumes d'oiseaux exotiques ; c'est une importation nouvelle d'Amérique; elles ont un très-grand éclat, mais l'artiste a beaucoup à faire encore pour égaler la fidélité d'imitation et le bon goût du montage des fleurs artificielles ordinaires. La plume de l'oiseau des tropiques, aux couleurs incomparables, au reflet métallique, va être très-employé comme coiffure et ornementation; on en fait des garnitures complètes pour robes de bal, d'un éclat et d'une fantaisie charmante, et bien capables de faire rêver les jeunes beautés qui peuplaient autrefois le palais des Incas, ou qui partagent encore au royaume la cabane des grands chefs. Nous savons une seule maison de Paris qui a employé quarante mille oiseaux des tropiques en vue de la saison qui commence. Le superbe, mais classique marabout et le mélancolique oiseau de paradis paraîtront bien pâles et bien froids à côté de ces créations toutes nouvelles.

Cependant, comme si les choses les plus brillantes semblaient toujours condamnées à être les plus fragiles, ces ornements en plumes, ne présentant encore aucune consistance, à peine oserions-nous les employer pour une robe destinée à vivre une soirée. Il faut que cette industrie, si elle veut vivre, trouve des procédés de confection moins artificiels et plus solides. Sans cela, malgré tout ce qu'elle semble produire de séduisant, elle n'acquierra jamais une importance sérieuse, hélas! Cette réflexion ne pourrait-elle pas s'appliquer à tous les ornements si utiles de la mode dont l'étude remplit ce chapitre.

Toutes nouvelles non ; les Egyptiens du temps de Salomon se paraient des plumes constellées de la pintade, et une duchesse de la restauration employa les plumes de l'aile de huit mille geais pour se faire une garniture de robe de bal.

V

TOILETTES A LA VILLE ET A LA CAMPAGNE.

Connaître les différentes étoffes, les formes qu'elles affectent selon le temps et la saison et les ornements qui les parent, c'est posséder la mode dans quelques-uns de ses aspects, c'est connaître les détails et ignorer l'ensemble. Entre l'étoffe admirée à l'étalage, la robe terminée chez la couturière, le chapeau pris chez la marchande de mode, et la toilette complète d'une femme, il y a toute une science, science de choix, de goût et d'harmonie. Nous ne nous lasserons pas de le répéter.

Il est essentiel de savoir ce qui convient chez soi, à la ville et aux champs ; ce qui va au château et ce qui se porte aux bains de mer ; comment on doit se parer pour le bal et à la cour.

Une femme du monde qui veut être bien mise, selon la circonstance, a tout ce qu'il lui faut pour faire, au besoin, sept à huit toilettes par jour : robe de chambre du matin, toilette de cheval pour la promenade, négligé élégant du déjeuner, toilette de ville si elle sort à pied, toilette de visite si elle sort en voiture, toilette de promenade si elle va au bois, toilette de dîner et toilette de soirée ou de spectacle. Cela n'a rien d'exagéré et se complique encore sur les plages, en été, des toilettes de bains, et, en automne et hiver, des toilettes de chasse et de patineuse, si l'on aime à partager avec l'homme ces salubres exercices.

Le matin était l'heure mystérieuse où la matrone romaine se livrait, entourée de ses cameristes et de ses conseillères, aux soins laborieux de la toilette. L'esclave éthiopien, la main armée du nerf de bœuf, veillait à la porte, et nul, si ce n'est la vieille messagère et vendeuse de philtres, n'eût osé franchir le seuil, de crainte de surprendre quelques-uns de ces artifices à l'aide desquels elle cherchait à relever l'éclat de sa beauté et parfois à réparer des ans l'irréparable outrage. De nos jours, dit-on, la mode fait encore du cabinet de toilette une sorte de laboratoire où sont mises en œuvre toutes les ressources de la cosmétique. Obéissant aux conseils du poëte de l'amour, nous n'écarterons même pas sa discrète draperie qui tombe devant le boudoir, et nous nous garderons de sonder d'un œil curieux les mystères qui s'y accomplissent.

Nous nous contenterons, madame, de vous admirer lorsque vous en sortez pour tenir votre petit lever, recevoir vos intimes et vaquer à vos premières occupations de maîtresse de maison.

La robe de chambre, bien étoffée, commode et chaude, convient alors. On peut la remplacer par un peignoir léger et très-orné ; la mousseline, toutes les merveilles de la broderie, les finesses des piqûres, les volants plissés, gauffrés, les bouillons gonflés de rubans, les nœuds, les dentelles, adorables recherches aussi coûteuses et d'un goût plus distingué souvent qu'une grande toilette faite pour attirer l'œil.

Être jolie pour le monde seulement paraît un mince avantage à certaines femmes, elles tiennent à l'être toujours pour leur mari, leurs enfants et pour elles-mêmes. Elles veulent se montrer à toute heure ce qu'elles sont : c'est-à-dire attrayantes. Voilà la vraie coquetterie, celle qui, selon ses moyens et sa position de fortune, ne doit jamais abandonner une femme. Gracieusement coiffée d'un petit bonnet, on peut rester la matinée vêtue assez tard de ce charmant négligé et paraître même au déjeuner lorsque ce repas se fait en famille, dans l'intimité la plus grande.

Après le déjeuner, l'heure des courses pour les besoins

de la maison, des visites, de la promenade au bois arrivent.

Pour les courses, le petit costume de ville en laine ou en étoffes fantaisie laine et soie, robe courte, jupon ornementé, et assez court pour laisser le pied libre et dégagé de sa bottine. Parfois la robe et les jupons sont taillés dans la même étoffe, de couleur unie. Les jupes sont étroites et biaises comme les anciens fourreaux de l'Empire. Parfois elles affectent de grandes découpures brodés de lacets, cloutés de nacre, de jais, de boutons. La casaque est courte, ronde ou à pointes forme peplum. Une robe à jupe ronde, relevée sur un jupon orné uni et ornementé un peu court, et la casaque remplacent le costume complet pour les personnes qui veulent une tenue plus effacée. Pour les visites, la robe princesse en soie de belle étoffe reste la toilette à la mode. Cette coupe de robe subsiste depuis plusieurs années et n'a subi que quelques légères modifications; elle est trop jolie pour disparaître entièrement; à la ville, en voiture, à la promenade, nous la verrons longtemps encore. Sous cette longue jupe qui s'étale en éventail sur le sol, sans excès aujourd'hui, la femme acquiert beaucoup de grâce et de majesté.

L'élégance de la robe princesse consiste plutôt dans sa coupe que dans ses ornements. Elle est garnie avec sobriété; un cordon tressé suffit à l'entourer du bas; une rangée de boutons la ferme le long de la jupe; sur le devant ses deux poches sont fermées aussi de boutons ; sur l'épaule il y a toujours des nœuds, de la dentelle ou de la passementerie.

Cette façon de robe comporte cependant une plus grande richesse ; de la nacre, du jais, des rubans sur toutes les coutures, des bandes de velours cloués, des boutons de prix, des dentelles, en font une robe parée. En aucun cas, ce ne peut être une robe de soirée, à moins de faire disparaître la moitié du corsage, la totalité des manches et de la semer de boutons de diamants.

La robe courte a paru parfois dans les visites. C'est une audace ; elle menace d'envahir, dit-on, l'intérieur et le salon. Tant pis !

Elle a déjà conquis la promenade !

Adieu les longs plis soyeux qui enveloppaient si gracieusement une femme couchée dans une calèche fuyante ! Dans ces flots de satin, de gaze, de dentelles, on la voyait passer comme une gracieuse apparition. Cela avait son charme. Bientôt on préférera la voir à pied, leste et dégagée, avec ses bottes, ses bas de couleur et son pantalon à la sultane.

La rentrée du bois ou des visites est l'heure d'une nouvelle toilette, sérieuse, demi-décolletée, et en demi-teintes, pour qu'on puisse la garder au salon au sortir de la table à manger, si on ne va ni au bal, ni en soirée, ni au théâtre, et plus ou moins élégante et riche, suivant les visites qu'on peut recevoir.

Les Italiens, l'Opéra en loge découverte, comportent les grandes toilettes de soirée avec robes à traîne, en étoffes claires et riches, diamants et sortie de bal.

Rien n'est plus varié et plus riche que la toilette de bal aujourd'hui. Nous n'en donnerons certainement qu'une esquisse imparfaite, il faudrait des volumes pour décrire les montagnes de gaze, de tulle, de crêques de Chambéry, et les pluies d'étincelles, de perles et de pierres éblouissantes qui rendent les femmes semblables à des étoiles dans une réunion d'étiquette.

La ceinture étant remontée presque sous le bras, et le corsage décolleté descendu jusque sous les épaules, sauf la jupe, la robe de bal n'est qu'une illusion. Ce qui vêtit les épaules, ce sont les pendeloques multiples du collier ; sur le mignon corsage, cependant, on trouve place pour de grandes richesses.

Des bouquets de pierreries retiennent la jupe et le corsage. Des cordons de perles courrent autour des épaules dans la gaze, dans les fines dentelles qui semblent faites d'air. Voici quelques toilettes qui peuvent en donner une idée plus juste : c'est d'abord une robe de bal en tulle blanc ; au bas de la jupe trois rangs de bouillons de tulle, sur lesquels descend une tunique romaine en point d'Angleterre et fermée de côté par une agrafe de diamants. Cette agrafe retient un traînasse de lilas blanc qui retombe sur la jupe de tulle. Le corsage a une berthe d'Angleterre et une guirlande de lilas agrafée par des diamants. La manche courte est faite de lilas blanc et de légers bouillons de tulle.

Une toilette moins sérieuse pourrait s'établier en gaze blanche semée de perles de jais blanc ou en gaze bleue brillantée de perles de cristal. Ces perles de cristal dans les plis vaporeux de la gaze ressemblent à des gouttes de rosée; c'est frais et jeune comme une belle aurore. Les cheveux d'or d'une jolie blonde couperaient à merveille cet azur.

Plusieurs corsages ont affecté la forme du costume grec cet hiver, légèrement froncé à l'épaulette; le satin du corsage était retenu seulement par un camée. La coiffure à la grecque rehaussée de camées répondait à la taille courte et à la jupe rétrécie.

Une robe en taffetas, en velours, en satin, en gaze même, s'ornementant d'or comme une toilette de cour, est splendide à la lumière des lustres. La toilette de bal a servi de texte à mille inventions; ce qui peut représenter une idée, rappeler un costume ou une époque était saisi et exécuté avec plus ou moins de bonheur; on pillait çà et là dans l'histoire; c'était une rage d'imitation.

Le soir, une réunion de femmes décolletées ressemblait assez à un bal costumé. La mode ne s'arrêtera pas probablement dans cette voie, la mise est riche et dans des temps assez rapprochés de nous; les costumes Louis XIV, Louis XV et Louis XVI sont des plus coquets; on pourrait s'y arrêter, mais la mode est essentiellement marcheuse ; si elle se répète à distance, ce n'est pas en se copiant avec exactitude, c'est plutôt en se transformant; ce qu'on prend pour imitation du passé n'en est qu'un simple ressouvenir.

Les robes à jupe coupée sur le devant et à longue traîne, relevées ou non relevées sur de secondes jupes garnies de dentelles et de couleurs différentes, rappellent les costumes des règnes que nous venons de nommer. Elles font au bal et en soirée un élégant et riche costume, rappelant avec convenance et par la traîne le costume de cour.

Un vêtement de caractère qu'on n'abandonnera pas de longtemps, c'est le burnous. S'il a perdu l'importance qu'il avait à la ville comme pardessus, il a gardé son utilité comme sortie de bal. Les burnous pailletés d'or sont tout à fait en harmonie avec le clinquant de la toilette. Il y en a de ravissants à grosses côtes qui ressemblent à de la fourrure.

On en a fait beaucoup en drap rayé blanc et couleurs, forme peplum, avec des cordons et des glands de soie. La sortie de bal réclame les couleurs claires et une coquetterie bien entendue. Il faut rester jolie tout en prenant ses précautions contre le froid, ce terrible ennemi des danseuses. Les sorties de bal affectent encore bien d'autres formes. Elles se présentent sous les noms de collet et de camail à capuchon. Le capuchon est ce qui convient le mieux à un vêtement de ce genre destiné avant tout à préserver du froid. On les entoure de cygne, on les double d'hermine et de fourrure.

L'éventail a toujours été un bijou d'art et au bal un objet de nécessité, il mérite une mention particulière. Une miniature décore ceux qui ont le plus de valeur. La monture suit le goût du moment; mais un bel éventail est un tableau de genre en petit, il a une valeur indépendante de toute autre, on ne peut l'admirer autrement qu'un objet de luxe. On en retrouve de signés par nos célèbres miniaturistes; j'en ai vu un de 3,000 fr. signé Camille Isbert.

Les paillettes scintillantes, l'acier brillant, devaient envahir ce petit objet pour en faire un bijou selon la mode. Sur des éventails noirs les paillettes sont bien placées, elles ont des yeux de lumières répétés, quand l'évantail est mis en mouvement.

Encore un accessoire du costume, au bal, qui a son importance si on en juge par sa valeur, c'est le mouchoir. Le simple mouchoir brodé, aujourd'hui, n'est bon que pour la ville ou l'intérieur; ce qu'il faut, au bal, c'est la dentelle, et la dentelle est si large qu'elle l'envahit en entier. Les points à l'aiguille les plus fins, les plus riches, lui sont destinés; ce mouchoir ainsi compris devient un pur objet de luxe, bon à tenir avec un bouquet dans une main mignonne finement gantée, mais nullement bon à remplir le but pour lequel le ouchoir fut d'abord inventé.

Cette mode, du reste, date de loin : l'inventaire de la garde-robe de la Belle Gabrielle mentionne des mouchoirs qu'elle évalue cinq cents livres, équivalant à plus de deux mille francs de notre monnaie, prix fort honnète, à coup sûr, et auquel on peut avoir, même de nos jours, un mouchoir très-présentable. Bien certainement, le sultan n'en jette pas tous les jours de pareils à ses favorites ; les chambres turques, si elles existaient, ne lui en laisseraient pas les moyens.

Au bal, la première question pour une femme, est d'être harmonieusement et richement parée. Être admirée est son seul but. Quand ses épaules jaillissent du corsage éblouissantes, quand la robe traînante ondule sur ses pas, quand l'éclat des plis soyeux qui l'enveloppent attirent les regards et relèvent sa beauté, elle ne s'inquiète que de l'effet qu'elle produit. C'est là le moment de son triomphe, elle le sait, elle n'épargne rien pour cela. Tout doit y concourir. Etoffes chatoyantes à reflets d'argent, étoffes magnifiques comme des tissus destinés à des reines, étoffes légères, vaporeuses, tissues des fils impalpables dont s'habillent les sylphides, étoffes brochées d'or, étincelantes comme les étoiles semées la nuit dans le ciel sombre, telles sont les merveilles que l'industrie doit créer pour elle, et l'industrie française est poussée si loin, elle est si habile, qu'elle dépasse souvent l'idéal de richesse et de splendeur qu'une femme, si élégante qu'elle soit, a pu rêver pour se faire une toilette digne d'elle.

A côté des costumes de chez soi, de ville et de ba
dont nous avons parlé, beaucoup d'autres se distinguent
encore par des nuances bien tranchées. Il en est certains
que nous ne ferons que nommer, tels que le costume de
cochère, celui de touriste, de patineuse, de chasseresse,
variétés purement fantaisistes qu'inventent les merveilleuses ; elles indiquent un genre de vie qui ne convient
pas au plus grand nombre.

Parce qu'il est reçu qu'une femme conduise elle-
même sa voiture, fasse des armes et aille à la chasse
autrement qu'en simple spectatrice, ceci reste toujours
au nombre des exceptions, et les costumes que ces occupations masculines ont amenés, une des choses qu'on
remarque et dont on parle, sans qu'elle se généralise.

Les casinos des villes d'eau ont fermé leurs portes
jusqu'à de nouveaux soleils, et les plages désertes ne
voient que les pêcheuses de crevettes aux jupons re-
troussés et les jambes rougies par la brise au lieu de
ces merveilleuses qui y rivalisaient naguère de luxe et
de beauté, et pour qui tout semblait prétexte d'une toilette nouvelle.

Les femmes prétendent qu'on s'ennuierait aux villes
d'eaux, si l'on n'y faisait pas un peu de toilette. Nous
croyons que, sans les ressources de la mode, elles
s'ennuieraient un peu partout. Ne nous en plaignons
pas. Les recherches de la toilette ont leurs charmes, les
femmes les aiment et les hommes les admirent.

Le costume de voyage est, l'hiver comme l'été, un costume de circonstance ; on chasse dans la saison mauvaise, comme on voyage dans la saison chaude. Pour se rendre au rendez-vous de chasse, on revêt une pelisse courte à capuchon, des bas de couleur, des bottes et un tricorne. Le tricorne pour la chasse n'est pas une coiffure nouvelle, il fait partie depuis plus de deux siècles du costume de chasse et n'a jamais été abandonné que sous la monarchie de Juillet. Il a, bien entendu, des proportions mignonnes qui lui ôtent un peu de son étrangeté ; on le fait en feutre gris orné de galons d'or avec une plume assortie de couleur à celle du jupon court.

Le costume de cheval a suivi les modifications générales du costume de cette année. On en fait de courts ayant une casaque peplum garnie de lourds grelots, avec les jupes relativement courtes ; le pantalon pareil est de rigueur. Un col étroit montant, des manchettes de toile, une toque avec aigrette de plumes, complètent ce costume.

Une longue robe forme princesse, sans plis, est bien autrement gracieuse. De grands revers rabattus l'ouvrent sur la poitrine et laissent voir le col et la cravate de soie de couleur fixée avec une épingle.

Elle est fermée devant, au-dessous du revers jusqu'en bas, par des têtes de chevaux, de chiens, de cerf, qui forment des boutons. Ces têtes sont travaillées en relief, sur de l'argent, du bronze ou du jais. Le chapeau qui accompagne cette robe en drap gris clair est en feutre de même nuance ; on le garnit d'une écharpe de gaze d'une couleur assortie à celle de la cravate, et l'on obtient ainsi un costume d'amazone qui vaut bien les petites basques et les petites jupes, nous dirions volontiers qu'il vaut mieux ; parce que les femmes ont reconnu l'utilité de certains exercices masculins, parce qu'elles font des armes, du gymnase, et qu'elles montent à cheval pour fortifier leur santé, pour assouplir leurs nerfs délicats et facilement irritables, il ne s'ensuit pas qu'elles doivent abdiquer leurs grâces modestes.

Malgré cela, il faut l'avouer, ces exercices hygiéniques réclament, par leur nature, des vêtements dégagés ; une partie de la force et de l'agilité de l'homme réside dans la coupe de ses habits. Les plis d'une longue jupe ôtent à une femme la liberté de ses mouvements. Le costume court et cavalier est donc la conséquence rationnelle du genre de vie qu'elle adopte. Ces exercices sont encore de l'imitation antique. Les belles filles de Sparte luttaient dans leurs jeux célèbres contre les jeunes gens, et souvent remportaient la victoire. Une simple tunique était leur vêtement. Comme costume, c'est aux Grecques d'Athènes que la mode a emprunté des modèles. Elles avaient dans ce temps-là des recherches de toilette que les inventions modernes n'ont pas dépassées.

La chaussure a été toujours une des préoccupations

de la Parisienne, elle est une des grandes questions de la femme à la mode. Comme règle, chaque robe a ses bottes ou ses souliers assortis. La botte est inventée depuis l'année dernière, c'est une création des bains de mer, elle prend toutes les formes, tous les ornements, toutes les dénominations. Aussi, le cordonnier a disparu, il a été remplacé par le chausseur pour dames, et celui-ci est devenu artiste. Faire valoir, sans le comprimer, un pied hardiment étroit et bien cambré, faire marcher droit et solide sur de hauts talons taillés en pointe de diamant, est chose difficile. Puis, que de fantaisie et de variété cependant dans la coupe et l'assemblage de ces hautes tiges. Mais tout cela ne doit pas faire délaisser la bottine en étoffe, en soie unie noire ou couleur de la robe, la bottine de la Parisienne par excellence. Et surtout, madame, mettez tout votre goût dans le choix de ces mignonnes pantoufles qui tiendront à peine au bout de vos orteils, lorsqu'un coquet mouvement dégagera le pied des plis de votre robe, pour s'approcher frileux du foyer où flambe le feu de la nuit. C'est si séduisant un pied ainsi entrevu. Demandez à votre mari.

On a jugé longtemps une femme d'après sa toilette; ce temps est passé, nous le savons, le costume n'est plus une étiquette. On met ce qu'on veut et on le porte comme on l'entend, sans souci du voisin; tant pis s'il s'effarouche; cependant, il y a dans la forme du vêtement, dans la couleur, dans la façon dont on le porte, un je ne sais quoi qui trahit la femme malgré elle, et c'est précisément parce qu'en fait de toilette le goût personnel est devenu la loi suprème qu'une femme peut se donner un cachet de distinction et garder sa personnalité.

VI

CHAPEAUX ET COIFFURES.

L'hiver règne en maître et la révolution est accomplie; l'ancien couvre-chef s'arrondissant en casque et étalant en éventail son large bavolet au-dessus de la nuque, a disparu; il s'en est allé où vont les neiges d'autan, et le froid qui givre les arbres de ses paillettes de cristal ne le ramènera pas. La mode a été très-ingénieuse; elle tenait au carré catalan, au Vateau, à la Lamballe, elle a su modifier leur forme de manière à abriter la tête la plus brillante; les côtés allongés, en fanchon, de larges brides bien disposées lui ont suffi. Le chignon, les crêpés et les nattes lui aidant un peu, le médisant n'a plus rien à en dire. Le chapeau n'est plus désormais que l'accessoire, l'accompagnement de la coiffure; mais pour avoir perdu un peu de son importance comme vêtement proprement dit, il ne reste pas moins coquet, ni moins mignon, ni moins recherché dans ses formes et dans ses ornements.

La tâche de la modiste semble aussi s'être un peu simplifiée; la plupart du temps elle se borne à recouvrir une armature dont les lignes et les contours sont arrêtés avec une rigidité mathématique. Les doigts ne chiffonnent plus la gaze et le ruban au gré de leurs caprices, ils se soumettent à la forme improvisée, et l'ornementation elle-même paraît avoir adopté de certaines règles qu'elle ne rejettera pas de la saison.

Le velours est l'étoffe qui convient. On le couvre de broderies, de dessins, d'ornements en jais dont les reflets éclatants font un charmant effet; quelques fleurs d'hiver en velours, des feuillages discrètement posés, des dentelles complètent l'ornementation. Les larges brides sont indispensables; souvent les doubles brides en dentelle accompagnent celles en rubans. De quelque façon qu'on s'arrange d'ailleurs, les brides resteront; on les a souvent menacées; la beauté des rubans, les reflets flatteurs de leur tissu, plaideront en leur faveur et gagneront toujours leur cause.

Sous le règne de l'ancien chapeau, la mode apportait peu de modifications à la forme unique; les étoffes qui les couvraient, les fleurs, la disposition des ornements établissaient des différences, c'était simplement quelques variations des fioritures exécutées sur un même thème. Aujourd'hui, la mode offre cinq ou six formes bien distinctes et chacune heureusement appropriée au genre de coiffure et à la toilette, dont le chapeau est le complément ; et avec un peu de goût, une femme, dans n'importe quelle condition d'âge, de toilette, de fortune ou de position, peut trouver, parmi ces formes diverses, celle qui accompagnera le mieux sa figure et sa beauté.

Dans les costumes de ville fantaisie, et même habillés, les toquets le disputent au chapeau, on les fait en velours plutôt qu'en feutre. Ils sont ornés de plumes, de grèbes, de panaches, parfois d'aigrettes, mais moins que l'hiver dernier. On a vu paraître quelques turbans pour coiffures de soirée et de théâtre. A Compiègne ils ont été remarqués ; les torsades de perles, les boucles, les nœuds de diamants scintillent dans ce cas sur le front de celles qui les portent.

Pour le voyage, la campagne, le petit chapeau rond et à bords étroits en feutre peut être très-commodément porté ; en ville, il ne sied guère qu'aux jeunes fillettes. Le tricorne, coquettement relevé, convient pour la chasse et peut être alors non-seulement de circonstance, mais encore d'étiquette.

Les cheveux ne sont pas seulement un des éléments de la beauté de la femme, ils sont un de ses plus gracieux ornements, celui qui se prête le mieux aux plus heureuses combinaisons de la mode et de la parure. Aussi ne doit-on pas être surpris qu'on ait cherché tous les moyens de les embellir, de les reproduire, et remplacer par des artifices adroitement déguisés ceux que la maladie, l'âge ou plus souvent l'imprudent abus des prétendus secrets de la cosmétique ont fait perdre.

« Je te le disais bien, cesse de teindre tes cheveux. Tu n'as plus aujourd'hui de chevelure à teindre. Qu'était-il de plus beau que tes cheveux ! ils descendaient jusqu'à tes genoux. Telle était leur finesse que tu craignais de les peigner... Telle était aussi leur souplesse qu'ils se prêtaient à mille arrangements... Combien de fois, hélas ! ils furent mis à la torture ! Combien de fois ils subirent patiemment le fer et le feu, pour se plier en tresses arrondies ! C'est un crime, m'écriais-je, oui, c'est un crime de brûler ces cheveux : ils s'arrangent d'eux-mêmes avec grâce. Cruelle, épargne ta tête !... » Elle n'est plus cette belle chevelure dont Apollon, dont Bacchus auraient été jaloux ; cette chevelure comparable à celle que Diane, sortant toute nue de l'écume des flots, soutenait de ses mains humides..... La faute en est à toi, c'est à ta propre main que tu dois la perte qui te désole... Maintenant la Germanie t'enverra des cheveux d'esclaves... une nation vaincue se chargera de ta parure. Combien de fois, quand tu entendras vanter la beauté de tes cheveux, tu te diras en rougissant : « Aujourd'hui c'est un ornement acheté qui me fait trouver belle; c'est je ne sais quelle Sicambre qu'on admire en moi. Et cependant, je m'en souviens, il fut un temps où ces hommages ne s'adressaient qu'à moi... » Malheureux, qu'ai-je dit? Elle a peine à retenir ses larmes; de sa main elle cache son front et la honte rougit sa joue charmante. Elle contemple, posés sur ses genoux, des cheveux de hasard qui n'étaient pas faits pour se trouver à cette place...»

Ainsi Ovide déplorait en vers élégiaques, il y a deux mille ans, la perte de la chevelure d'une jeune fille; ces vers ne corrigèrent aucun travers de la mode, et les Romaines ne rougirent pas d'aller faire publiquement l'emplette 'de leurs cheveux sous le péristyle du temple d'Hercule, et devant celui des neuf sœurs où les coiffeurs gaulois ouvraient leurs boutiques. Elles se rappelaient mieux les conseils du poëte des amours : « Que votre coiffure ne soit jamais négligée, sa grâce dépend du plus ou moins d'adresse des mains qui président à ce soin. Il est mille manières de la disposer : que chacune choisisse celle qui lui convient. Elle doit avant tout consulter son miroir. »

On nous pardonnera cette longue citation remplie d'actualité; elle nous dispense de toute critique et de tout conseil.

Heureusement, la mode de donner à sa chevelure la teinte ardente que recherchaient les Romaines, et qu'on retrouve chez les Vénitiennes de la Renaissance, a vécu à peine une saison; mais il est aujourd'hui, comme au temps d'Ovide et d'Auguste, impossible à une femme de se coiffer avec ses cheveux. Si prodigue que la nature ait été envers elle, elle paraîtra toujours moins bien coiffée que les autres, son chignon sera plus maigre, ses boucles moins bien réussies. Aussi le commerce des cheveux est très-étendu; nous ne dévoilerons pas ces mystères; l'art, comme le feu, purifie tout, et l'habileté du coiffeur est grande, il sait si bien assortir les nuances et rendre leur parure aux têtes les plus désolées.

La réforme des chignons démesurés a commencé avec les coiffures grecque et empire; les cheveux ne cachent plus la nuque et les attaches si délicates du cou, mais ils couvrent parfois le front jusqu'aux yeux. Le front étroit était un des caractères de la Vénus corinthienne. Le front est le miroir de l'intelligence, le laisser nu répond mieux à l'idéal moderne. Consultez du reste votre miroir, lui seul, madame, est juge suprême.

La coiffure empire veut un chignon rond placé très-haut; on rejette, pour l'exécuter, les cheveux en arrière, à la chinoise, et, en variant un peu la forme du chignon, elle sied à merveille dans sa simplicité à certaines figures. D'autres la veulent plus ornée et plus complète. On coupe alors les cheveux de devant pour les friser, et c'est « un meurtre, » car demain la mode changera et les regrets viendront. Mieux vaut, dans ce cas, rapporter des boucles et des frisettes de cou ; jamais artifice n'eut meilleure excuse; un ruban, ruché habilement et avec artifice, complète la ressemblance avec la coiffure des matrones romaines, auxquelles l'emploi des bandelettes vitrées était seule permise. Parfois cette coiffure devient vaporeuse : des frisettes plus nombreuses, de grosses boucles très-crêpées en travers, couronnant la tête, une frisure longue et légère s'étendant sur le chignon, le tout fixé par des bandelettes, caractérisent cette coiffure, qui sied à merveille aux blondes.

Depuis quelques mois la fantaisie divise le chignon en rouleaux ou en boucles frisées et fixées dans un rouleau qui les encadre; des frisettes en naissent pour s'épandre sur le cou. Parfois trois ou quatre grosses nattes relevées composent le chignon; ce genre, comme les bandeaux simples, doubles ou triples, conviennent mieux aux chevelures noires comme l'aile du corbeau, et aux brunes. Des bandelettes fixent les bandeaux et sont elles-mêmes attachées par des camées, des fleurs, un nœud de rubans; on s'est servi pour cet usage d'oiseaux et de papillons, et on a vu des coiffures faites d'un voile de gaze retenu par un cercle d'argent.

Maintenant, jetez sur ces coiffures une bandelette à camées antiques dont les longs bouts pendent sur les côtés; couronnez ces têtes de lierre, de pampres, d'épis, de feuillages, et vous aurez, si elles sont bien portées, une tête de caractère, noble et majestueuse parfois, si le diadème éclate au front et que les diamants scintillent au milieu des boucles des cheveux. La poudre a aussi scintillé en neige et en or dans les cheveux. Elle sied bien à quelques têtes, nous croyons cependant qu'il ne faut recourir à ce subterfuge que pour donner plus de caractère à un costume ou pallier quelque nuance, quelque défaut. Elle est nuisible sur de beaux cheveux, et son emploi entraîne toujours de désagréables inconvénients.

Le bonnet est indispensable comme coiffure d'intérieur à un certain âge, et dans beaucoup de circonstances il suit la forme du chapeau, devient fanchon ou carré catalan. Les rubans s'y promènent en bandelettes pour soutenir les dentelles et la blonde ; il se fleurit parfois de jasmins, de violettes ou de pâquerettes jetées un peu partout ; souvent il est en guipure. Le bonnet est une des coiffures les plus jolies, mais les plus difficiles à réussir ; il faut un goût parfait, il vieillit si aisément celle qui le porte.

VII

LA MODE A LA COUR.

Les révolutions ont beau se succéder, du passé elles n'emportent que ce qui était condamné par les mœurs et la raison ; elles bouleversent un instant l'ordre social, couvrent tout de débris et de ruines, mais l'institution, les idées, les sentiments contre lesquels elles avaient dirigé tous leurs efforts et qu'on croyait à jamais sombrés, reparaissent lorsque l'ordre renaît, de l'excès même du mal, comme ces vaisseaux bien gréés, qu'on croyait abimés dans les flots, et qui remontent majestueux et calmes au-dessus des vagues, lorsque le coup de vent furieux à usé sa violence, attirant tous les regards, appelant toutes les espérances. 93, 1815, 1830

et 1848 ont eu beau balayer des trônes, il y a une cour
en France, elle se reformait au milieu même des dé-
sordres de la république, ramenant le goût, le savoir-
vivre des salons et l'étiquette donnant le ton et la mode.
L'habit, le manteau de cour reparurent à l'Elysée avant
de rentrer aux Tuileries. C'était signe des temps.

Nous ne voulons pas dire par là que la mode prend
naissance. On la règle à la cour et de là elle descend à la
ville. Dieu nous garde de faire peser sur elle toutes les
excentricités que nous avons condamnées avec une
indépendance sévère! La mode, nous l'avons dit, naît
partout, et aujourd'hui à peu près semblable partout :
ce qui semblait devoir rester dans les hautes régions
descend peu à peu et se vulgarise ; la création qui, au
contraire, a paru au théâtre, ou sur la plage, peut
très-bien faire son entrée en cour si elle est présentée
par une noble marraine. Mais ce qu'on ne saurait nier,
c'est l'influence qu'exerce la cour sur la mode, c'est
que, comme au temps de Louis XIV et de Marie-Antoinette, elle donne le ton et règle le bon goût, non par
l'étiquette, rien moins que despotique aujourd'hui, mais
par l'exemple.

Vous rappelez-vous un charmant tableau de genre,
une admirable peinture due au pinceau de Winterhalter?
Le Décaméron si souvent reproduit par la gravure. Par
un de ces jours tièdes du printemps où tout respire
calme, joie et amour dans la nature, un essaim de

jeunes beautés s'est groupé sous la verte feuillée. Chacune de ces jeunes femmes est d'une beauté ravissante, mais d'un caractère particulier ; toutes sont dans les poses du plus gracieux abandon, et cependant on voit que le regard et l'attention de toutes se tournent avec une affection respectueuse vers la beauté souveraine qui les admet ainsi dans une intime familiarité. Cette réserve au milieu du laisser-aller le plus charmant que puissent inspirer le printemps, l'ombre, les bois, donne à leur grâce et à leur pose une distinction suprême, comme un reflet de la majesté de leur souveraine. Chaque toilette est différente, et s'harmonise avec le type de beauté réalisé par celle qui la porte. Toutes ces étoffes avec plis chatoyants qui se drapent ou se gonflent sont différentes de couleur et de grain, ou de tissu. Et cependant, on voit que toutes se sont inspirées des goûts de la souveraine, et que si elle avait eu à choisir la toilette de chacune, elles n'en eût pas indiqué d'autres.

On n'est pas gracieuse, pleine de goût, de charme et de tact impunément ; une impératrice bien aimée à beau laisser dormir les lois de l'étiquette en ce qu'elles ont de trop rigoureux et de gênant, son exemple entraîne et s'impose, on le cherche, on l'étudie et on le suit. C'est une douce et salutaire influence, qui s'étend, irrésistible, sur tout ce qui l'entoure, et que subit la mode elle-même, cette capricieuse et cette révoltée.

Puis à la cour l'étiquette est là, barrant passage aux bizarreries trop grandes, mettant à l'abri des manques de tact et de goût. Elle a été l'objet de critiques bien vives, cette étiquette souvent gênante et qui oblige de se conformer à des règlements en apparence puérils. On considère volontiers ses prescriptions comme une niaiserie indigne d'occuper des gens sérieux, et l'on se trompe grossièrement à cet égard. C'est en effet un art trop peu répandu que celui du savoir-vivre ; bien peu de gens peuvent deviner ces procédés bienveillants et polis à l'aide desquels on ménage les amours-propres des autres, et l'on conserve aux rapports du monde la convenance et la dignité dont ils ne doivent jamais manquer ; il est donc bon qu'une règle adoptée à l'avance supplée à l'ignorance et au mauvais goût de beaucoup de gens. Les intelligences, les caractères, les habitudes personnelles différant dans les classes les plus élevées, on trouve des esprits bien inférieurs. Leur contact serait désagréable et ennuyeux si les lois de l'étiquette ne parvenaient pas à suppléer en quelque sorte à leur infériorité et, au moins, par les formes extérieures, à les rattacher à la société des esprits plus éclairés.

Les formes cérémonieuses, qui expriment le respect et la considération dus aux chefs des sociétés naissantes, deviennent des formalités de politesse entre particuliers qui veulent se témoigner mutuellement des égards, et sont d'autant plus courtoises et délicates que la civilisation est elle-même plus élevée. En grandissant, les sociétés apprennent à savoir vivre, et l'étiquette, réglant les rangs, les qualifications, les prééminences, le costume, met chacun à sa place, lui indique presque son rôle et lui épargne tous ces froissements inévitables entre individus qui s'abandonnent sans gêne aucune aux excentricités de leur caractère et à la brusquerie de leur esprit.

On comprend dès lors combien on a raison de regarder comme chose grave un manque d'étiquette ou de tenue. Cela dénote peu de savoir-vivre et de distinction, une ignorance des usages du monde, et annonce, chez la personne qui le commet, des travers et des habitudes qni ne sont pas celles de gens comme il faut. La mode elle-même n'excuse pas en pareil cas, son empire cesse devant celui de l'étiquette, qui pose avant tout le goût, le bon ton et la distinction pour limites à ses caprices.

Sans doute, l'étiquette, aujourd'hui, a perdu de son absolutisme, nous sommes bien loin d'Henri III, qui en réglementa les détails, et de Louis XIV, qui la rendit si sévère. Les lois somptuaires qui, depuis les capitulaires de Charlemagne, les édits de Philippe le Bel et les arrêts des parlements, réglaient les costumes que devaient porter les femmes et les hommes suivant leur condition, leur rang, leur naissance, ont heureusement disparu avec l'ancienne hiérarchie sociale. Mais, plus la liberté est grande, plus les mœurs, le savoir-vivre doivent en imposer à ses allures ; sans être aussi rigoureux à la cour actuelle que sous l'ancien régime et même que sous le premier empire, l'étiquette y régit les toilettes, et, en cela, la cour ne fait que raffermir des habitudes toujours conservées dans le monde des gens comme il faut.

De tout ceci, nous sommes loin, belle lectrice, de vouloir faire une leçon; nous savons qu'en savoir-vivre nous n'avons rien à vous apprendre, et que si une circonstance particulière vous jette un jour dans un milieu plus soumis aux lois de l'étiquette que celui dans lequel vous vivez habituellement, votre tact, votre perspicacité vous les auront bientôt fait deviner, et que vous vous trouverez partout à votre rang et à votre place. Nous avons voulu seulement détruire deux préjugés contraires en apparence : l'un, qui s'élève contre l'étiquette et croit pouvoir en affranchir la mode; l'autre, qui prétend que la mode à la cour est et doit être en tout point celle de la ville et des salons. Entre les deux, il y a tout un échelon de mœurs imperceptibles pour le vulgaire, mais qui, à vos yeux, comme à ceux de tous les gens délicats et bien élevés, établit des distances, des différences énormes.

La première loi de l'étiquette à la cour, instinctivement inscrite dans le cœur du courtisan le plus novice, c'est de se conformer au goût du maître, d'imiter sa manière d'être. Mais il faut éviter avec soin de devenir sa copie fidèle; ce serait ridicule et choquant. Ce serait même dangereux pour celles qui voudraient copier trop exactement la toilette d'une reine ; pour être souveraine on n'en est pas moins femme ; en voir une autre s'emparer de la coiffure qu'on a adoptée, ou chercher à deviner la toilette qu'on portera et se montrer avec des ajustements pareils, peut paraître facilement un crime de lèse-majesté sévèrement puni par la perte de la faveur. Une sujette, quelque élevé que soit son rang, quelque près du trône qu'elle se trouve, ne doit pas oublier que la majesté souveraine marche seule, isolée dans sa gloire, sans égale ni rivale. C'est donc avec un tact, une sorte de réserve extrême qu'on doit suivre cette prescription du code de l'étiquette. Il faut savoir trouver assez de ressources dans la mode pour que, tout en s'inspirant de l'exemple, on ne devienne pas une copie trop exacte, encore moins une rivale en luxe ou en beauté. On pardonne bien, on sourit même à certaines hardiesses, mais il faut qu'elles se présentent comme une excentricité élégante et de peu de durée.

Pour une souveraine, le luxe de la toilette est un devoir. Chaque fête à la cour rapporte des millions à l'industrie. L'ouvrier qui passe devant l'hôtel splendidement illuminé du riche, et d'où lui arrivent les harmonies lointaines des orchestres doit se dire : — ma part de toute cette joie me reviendra ; quand on dépense en haut, pas de chômage en bas.

Le premier empereur aimait, comme toutes les imaginations vives et les tempéraments méridionaux, les splendeurs des costumes, mais il y voyait surtout une nécessité d'économie sociale. Il l'imposait à ses grands dignitaires, sachant très-bien que l'argent dépensé en haut se répand sur toute la population par les mille canaux du commerce et du salaire, et que le luxe est le seul moyen d'alimenter l'industrie active qui enrichit le pays. Il paraissait dans les salons de l'impératrice dans ces riches habits de velours et de soie brodés qu'on peut voir encore dans les vitrines du musée des souverains, voulant, disait-il, donner ainsi des encouragements aux manufactures françaises qui fabriquaient ces étoffes.

Il y a à la cour des fêtes officielles, il y en a d'intimes et de grand apparat.

Dans les fêtes, les réceptions officielles, l'étiquette du costume pour les hommes est dans toute sa rigueur, et elle s'étend à la toilette des femmes. Si la réception est simplement officielle sans grand apparat, le manteau de cour n'est pas d'étiquette ; une toilette conforme à la circonstance, et qui a été ordinairement indiquée à l'avance, jette dans le costume cette sorte d'uniformité qu'on remarque dans le groupe de dames rangées derrière l'impératrice dans le tableau de M. Gérôme, représentant la réception des ambassadeurs cochinchinois.

Dans les jours de grand apparat et de grande réception, ce qu'on appelle en Angleteterre le Lever, et en Espagne le Baise-main, le manteau de cour est de rigueur. L'invitation envoyée le porte.

Le manteau de cour date de loin; on peut faire re-
monter son origine à la *stola*, vêtement caractéristique
des patriciennes romaines, qui seules avaient le droit de
le porter. C'était une longue pièce d'étoffe attachée sur
la tunique et tombant par derrière, de manière à cou-
vrir les talons et former la traine.

Lorsque l'étiquette donnait aux femmes des pairs du
royaume le droit à un fauteuil et celui de s'asseoir près de la
reine, elles portaient dans les cérémonies le long manteau
de pairesse attaché aux épaules ; plus tard, le manteau
fut attaché à la ceinture, comme il l'est aujourd'hui.
C'est une pièce d'étoffe de forme arrondie de 2,80 de
longueur, du plus riche tissu, et couverte de broderies,
retombant en plis souples et majestueux ; il suit la
traine de la robe. Sur la queue déployée on disposait cet
hiver une grande multiplicité d'ornements.

Les broderies d'or, de perles, les rivières de diamants
jetées sur les soieries riches, les velours, les dentelles
rares, sont les ornements ordinaires des toilettes d'étiquette. Les étoffes de soie sont brochées d'or et d'argent,
les gazes brillent comme des écrins.

Le manteau de cour donne une noble élégance à la
démarche et beaucoup de majesté ; mais il faut savoir le
porter, et il existe un pas bien glissant pour celle qui est
présentée pour la première fois. Elle doit s'avancer seule
dans l'espace vide que le respect laisse libre devant le
trône, et au moment où elle se retourne pour saluer

leurs majestés d'une profonde révérence, un mouvement de pied rejette en arrière cette longue traine. C'est une manœuvre difficile, il faut conserver toute sa liberté d'allure, rester gracieuse dans ses mouvements ; on sent tous les regards peser sur soi, avides pour la plupart de trouver un rien à reprendre, qui trahisse la gêne et donne prise à la critique. L'instinct de la coquetterie gracieuse est si inné chez la femme que toutes franchissent, avec une sûreté de pied et une grâce merveilleuse, cet écueil si glissant.

Dans les réceptions officielles, la toilette exige moins de fantaisie, mais autant de richesse que celle du bal ; on doit contribuer à rehausser l'éclat du trône, on doit paraître digne de l'honneur que le souverain vous fait.

Dans les soirées ordinaires, les concerts, le manteau n'est pas toujours d'obligation. La traîne fait alors partie de la robe ; la toilette doit être riche et sérieuse. Mais c'est dans les bals où toutes les fantaisies peuvent avoir cours ; les prescriptions imposées : l'âge, la fortune, la convenance peuvent être suivis par chaque invitée. Il y règne un peu de cette liberté que donne la foule partout où elle se trouve ; le quadrille impérial est seul réglé d'avance, souvent comme toilette. L'Empereur et l'Impératrice paraissent tard dans les salons et se retirent bien avant que les violons se taisent ; tout cela laisse une liberté plus grande dont la fantaisie et la mode font leur profit dans une certaine mesure.

Dans les bals costumés, certains quadrilles, certaines entrées font partie du programme, et naturellement les costumes des personnes qui y figurent ont été arrêtés et dessinés d'avance. La masse des invités se met comme il lui plaît.

Les séjours de la fin de l'automne dans les résidences impériales, à Compiègne, à Fontainebleau, amènent des invitations particulières et des chasses. La chasse seule impose une étiquette particulière; si l'Impératrice la suit en veste et en chapeau, il est de bon ton de l'accompagner en portant le même costume; mais il n'y a cependant là rien d'obligatoire, surtout si on suit la chasse en voiture.

Les toilettes de jour, à la cour, sont celles de ville, de campagne ou de la plage, suivant les résidences; mais toujours plus riches ou plus cérémonieuses. Il n'y a d'obligatoire que l'élégance la plus irréprochable. C'est alors que se montrent ces costumes éblouissants, merveilles de goût et de richesse qui guident ou déterminent la mode. Aussi chaque année, l'œil fixé sur les toilettes de la cour, on dit : voici un costume pris à Biarritz ou à Compiègne; voici une toilette éditée pour les réceptions officielles. La tête des femmes travaille sur ce thème fécond qu'elles simplifient et qu'elles dénaturent pour se l'approprier.

Citons comme exemple de costumes de cour pouvant se modifier facilement pour devenir toilette de ville ou de grand monde une toilette de Biarritz, robe princesse en moire antique, vert à la mode, semée de grosses marguerites faites de dentelle blanche brodée de jais noir. Ces marguerites étaient toute la garniture de la jupe et du corsage.

Les fleurs de dentelle sont appréciées par les femmes d'un grand goût; c'est simple et riche.

Une autre toilette pourrait être considérée sous différents aspects comme toilette de bois et comme toilette de bal. Supposons une jupe de velours noir relevée par des cordelières gris-perle. La robe fait la queue en se déployant comme un manteau de cour ; elle est bordée d'une large guipure et bouillonnée par trois cordelières gris-perle qui se rattachent sur le côté. Devant, la robe noire forme une draperie sur une deuxième jupe de satin gris-perle, brodée de bouquets de jais. Si l'on met sur cette robe une casaque de velours à doubles manches pendantes doublées de gris-perle avec des manches ajustées en satin, toujours gris-perle, on aura une toilette de promenade de la dernière recherche. Un chapeau de satin pareil, une rose sur le côté et brides flottantes, la terminera.

Ce sera certainement très-original et très-osé, et ce ne pourra être bien porté que par une grande dame ; mais qu'on remplace les cordelières et les glands gris-perle par des cordelières et des glands d'or, qu'on brode la robe de satin de fleurs d'or, qu'on fasse un corsage décolleté, pareil à la jupe brodée, et qu'on le garnisse de diamants, on aura, avec quelques diamants semés dans les cheveux et dans les fleurs d'or de la jupe et du corsage, une toilette de bal pour la cour. Au lieu de manches pendantes, une écharpe de mousseline blanche brochée d'or pourrait pendre des épaules et se nouer sur la jupe de velours.

Ce sont des toilettes d'âge déjà sérieux. Nous les donnons comme manière de s'habiller. Mais nous bornerons là ces exemples. En fait de toilette de cour, il faut être très-sobre de description; le chroniqueur seul, en laissant courir sa plume au jour le jour, peut les saisir et les décrire comme actualité.

TABLE DES MATIÈRES

Paris. — Typ. Walder, rue Bonaparte, 44.

www.ingramcontent.com/pod-product-compliance
Ingram Content Group UK Ltd.
Pitfield, Milton Keynes, MK11 3LW, UK
UKHW022253120726
13694UKWH00003B/1062

9 782013 602761